莎士比亚全集

XI

人民文学出版社

目　次

维纳斯与阿都尼 ………………………………………… 1

鲁克丽丝受辱记 ………………………………………… 61

十四行诗 ………………………………………………… 155

情女怨 …………………………………………………… 315

爱情的礼赞 ……………………………………………… 330

乐曲杂咏 ………………………………………………… 343

凤凰和斑鸠 ……………………………………………… 354

附录　莎士比亚生平及创作年表 ……………………… 359

维纳斯与阿都尼

鄙夫俗士，望敝屣而下拜；我则求：
阿波罗饮我以缪斯泉水流溢之玉杯。

张 谷 若 译

献　　与
扫桑普顿伯爵兼提齐菲尔男爵
亨利·娄赛斯雷阁下

阁下，

　　仆今以鄙俚粗陋之诗篇，献于阁下，其冒昧干渎，自不待言；而仆以此荏弱之柔条纤梗，竟谬欲缘附桢干栋梁以自固，其将招物议之非难，亦不待言。然苟阁下不惜纡尊，笑而纳此芹献，则非特仆之为荣，亦已过当，且誓将以有生之暇日，竭其勤恳之微力，从事差可不负阁下青睐之作以自励。设此初次问世之篇章，不堪入目，则有负阁下之栽培，诚惶恐之不暇，更何敢再事此硗瘠砚田之耕耘，以重其以芜杂之词亵渎清听之罪乎？窃不自谅，以为凡此一切，皆阁下之睿智及明鉴是赖，即阁下之所欲，与世人之所期待，亦莫不以此是赖也。

阁下犬马仆
威廉·莎士比亚

维纳斯与阿都尼

太阳刚刚东升,圆圆的脸又大又红,
泣露的清晓也刚刚别去,犹留遗踪,
双颊绯红的阿都尼,就已驰逐匆匆。
他爱好的是追猎,他嗤笑的是谈情。
维纳斯偏把单思害,急急忙忙,紧紧随定, 5
拚却女儿羞容,凭厚颜,要演一出凰求凤。

她先夸他美,说,"你比我还美好几倍。
地上百卉你为魁,芬芳清逸绝无对。
仙子比你失颜色,壮男比你空雄伟。
你洁白胜过白鸽子,娇红胜过红玫瑰。 10
造化生你,自斗智慧,使你一身,俊秀荟萃。
她说,'你若一旦休,便天地同尽,万物共毁。'

"你这奇异的英华,请你屈尊先下骏马。
且把昂然的马首鞍头络,缰绳鞍头搭。
你若赏脸肯贬身价,那我的温存浃洽, 15
有万般未经人知的甜蜜,作你的酬答。

咱们到这永无嘶嘶蛇鸣的地方先坐下,
坐定后,要紧紧相偎倚,我好把你来吻杀。

"我这吻,决不会因过多而腻得你恶心,
它若越多,它就越会惹得你饥渴难忍。　　　　20
它叫你的嘴唇时红时白,变化无穷尽。
十吻犹似一吻新,一吻就甜过二十吻。
如果在这样消遣光阴的娱乐中共厮混,
那么,炎夏迟迟的长日,都要去得像一瞬。"

她这样讲,并捉住他汗津津的手不放。　　　　25
(汗津津的,表示他精力充沛、血气盛旺)
风情激得她颤声叫这汗是玉液琼浆,
世上给女神治相思的灵药,数它最强。
爱焰给了她一股力量,弄得她如痴如狂,
叫她勇气勃勃地,把他从马上揪到地上。　　　　30

她一只手挽住了缰绳,把骏马轻拢,
另一只胳膊把那嫩孩子紧紧挟定。
只见他又红脸,又噘嘴,老那么心硬,
似木石无灵,不懂什么叫男女风情。
她脸又红,心又热,似一团炭火,熊熊融融,　　　　35
他脸也红,心却冷,只羞似霞烘,严如霜凝。

她轻快敏捷地——使她这样的是爱力——
把镂饰的缰绳在皴裂的树枝上拴起。

马已经这样系牢,她就连忙打主意,
想把骑马那个人的心也牢牢紧系。 40
她像愿意人家对她那样,推他仰卧在地。
爱既无法使他就范,她就用力把他控制。

他一倒在尘埃,她也卧下和他并排。
他们用胳膊和胯骨支身,侧卧相挨。
他直皱眉头,她就直抚摸他的两腮。 45
他开口骂,她就用吻把他的嘴堵塞。
她一边吻,一边把情话续续断断讲起来。
"你要是骂,我就堵住了你,叫你有口难开。"

他又烦躁、又害臊,闹得两腮似火烧。
她就用泪往他处女一般热的脸上浇。 50
接着又叹息像轻风袅,金发像日色耀,
把污在他脸上的泪痕,给他吹干拂掉。
他骂她轻佻,说她不知自好,净卖弄风骚。
他还要絮叨,她就用嘴堵得他语咽声销。

空腹的苍鹰,饿得眼疾心急,馋涎欲滴, 55
抓住小鸟,用利喙把毛、肉、骨头一齐撕。
鼓翼助威势,贪婪猛吞噬,忙忙又急急,
饥胃填不满,食物咽不尽,就无停止时。
她就像这样,把他的额、腮、下颏吻个不已,
因为她吻完了一遍,又从头儿开始吻起。 60

他无奈只好不抵抗,要他情愿却难想。
他躺在那儿直喘息,气都扑到她脸上。
她把这气吸,像强者吃弱者的肉那样。
她说这就是天降的云液,神赐的玉浆;
她恨不得她的双颊就是花园,花发草长, 65
好来承受这样甘霖的灌溉,琼露的滋养。

你曾见过小鸟落了网罗,无法能逃脱?
阿都尼在她怀里,就像小鸟落了网罗。
他懊恼,半因羞涩,半因不敢强挣硬夺。
他的两眼越含嗔,他的美貌越增颜色。 70
本来就满了槽的河水,再加上大雨滂沱,
势必溢出河槽,往两岸泛滥,把四处淹没。

她一直地苦诉衷怀,迷人地苦诉衷怀,
因为她要对迷人的两耳,把心事表白。
但是他却老闹脾气,老皱眉头,老不耐, 75
有时羞得脸通红,又有时气得脸灰白。
脸红时她最爱,脸白时她就爱上更加爱,
那比起她所最爱的来,更叫她笑逐颜开。

不管他羞答答,怒冲冲,她看着都动情。
她指着她那永远纤柔、白嫩的手作证, 80
说她决不离开他那柔软温暖的酥胸,
除非他被她的眼泪所驯服,言听计从;
因为她早就已经泪如雨倾,满脸上纵横。

甜甜一吻,就能把本来没有完的债还清。

他听她作了这样誓词,便把下颏仰起。 85
但他正要把她所求的东西勉强赐给,
却像鹬鹢在水里那样,稍一探头窥伺,
看见有人瞭望,就又一下钻回了水底。
因此她虽把双唇噘起,准备他对她还礼,
他却把嘴转到另一边,同时把眼睛一闭。 90

夏日炎炎中路上的人,即便渴得要晕,
也从来没有像她那样,急于一润渴吻。
她只闻香却难到口,这心痒叫人怎忍。
她泪水如浴似淋,却救不得心火如焚。
"哎呀,"她喊道,"你这孩子心如铁石真好狠, 95
我不过只求你一吻,又何必这样苦悭吝。

"我也曾有一度被追求得忙,像你这样。
追我的非别个,是战神,威凛然,貌昂藏。
他在战场上,从未低过头,出名的强项。
他到处战无不胜,从来就没打过败仗。 100
然而他却是我的俘虏,甘心作我的厮养。
他向我求过现在你能不求而获的欢畅。

"他那伤痕斑斑的盾,百战犹完的甲,
还有长矛,都曾在我的祭坛上闲挂,
他为我,学会了蹁跹舞步,诸般戏耍, 105

他为我,学会了打情骂俏,斗口磨牙,
耳里厌闻战鼓喧闹,眼里厌看旌旗飘飒;
在我的绣榻上安营,在我的玉臂间厮杀。

"这样,以威势服人的还得服我的威势。
一根红玫瑰链子,就拴得他匍匐在地。 110
多么硬的钢铁,在他手里都成了烂泥。
然而我对他鄙夷,他却只有奴颜婢膝。
你现在能使制伏了战神的我低声下气,
请不必骄傲夸耀,回答我的爱才是正理。

"你只把你的香唇触到我的嘴唇上, 115
(我的嘴唇也很红,虽然没有你的香),
那这个吻的甜蜜,咱们就能同受共享。
抬起头来!地上有什么吸引你的眼光?
往我瞳人里望,那儿有你的情影深深藏。
眼和眼既然成对,唇和唇为何不能成双? 120

"你接吻不惯?那你就闭上眼,不要看。
我也闭上眼。这样,白天就仿佛夜晚。
只要有一女一男,'爱'就能取乐追欢。
你要放胆,咱们尽管畅玩,没人看见。
咱们身下这紫络的二月兰,决不会多言, 125
它们也不懂得,咱们为什么要如此这般。

"你迷人的嘴上黄毛嫩,说你还是童孩。

但你却早就有秀色可餐,有英华堪采。
行乐须及时,莫疑猜,机会错过不复来。
丽质应该传代,及身而止,只暴殄美材。 130
好花盛开,就该尽先摘,慎莫待美景难再,
否则一瞬间,它就要凋零萎谢,落在尘埃。

"我若头秃脸麻,形容老丑,鸡皮鹤发;
我若性情粗暴,行动乖戾,举止欠雅;
患风湿,长癣疥,枯瘦干瘪,嗓音粗哑; 135
千人厌,万人弃,先天不育,两眼昏花:
那你退缩原也不差;因我和你本难配搭。
但这既都不在话下,到底什么叫你惊怕?

"你在我额上,决不会找出来半条皱纹。
我的眼水汪汪碧波欲流,转盼多风韵。 140
我的美丽像春日,年年不老,岁岁更新。
我的肌肤丰润,连骨髓里都春情欲焚。
我这腻滑的手,你若肯握一握表示亲近,
它就要在你手里,如酥欲融,化去不复存。

"我也会闲谈答话,作悦耳的解语花; 145
我也会学精灵,在绿莎上细步轻踏;
我也会学水中仙子,飘飘披着长发,
用平沙作舞茵,却不见有脚踪留下。
爱之为物,本是火的精华,空灵、倏忽、飘洒,
并非重浊而下沉,却是轻清上浮而欲化。 150

"你看我身下陂陀上的樱草,虽然荏弱,
却能像粗壮的大树,把我的身子轻托。
拉着我的辇周天游遍的,是两只鹈鸰:
它们弱小,却能叫我整天价到处行乐。
爱既这样轻盈柔和,那么,你这个小哥哥, 155
却为什么,把它看作是沉重得难以负荷?

"难道你会无端爱上了自己的面孔?
难道你的右手会抓住了左手谈情?
那样,你只好自爱自,自弃自,一场空,
自陷自设的情网,自怨解脱不可能。 160
那耳喀索斯①就这样自己作了自己的爱宠,
后来还为吻泉水中自己的影子送了命。

"蜡炬点起光明来,珠翠盛饰增仪态,
珍馐美味为适口,绮年玉貌宜欢爱,
欲嗅芳芬芳馨折,欲采果实果树栽。 165
生而只为己,辜负天地好生的本怀。
种因种生,种复生种,天生丽质也无例外;
父母生了你,你再生子女,本你分内应该。

"如果你不繁殖,供给大地生息之资,

---

① 那耳喀索斯(Narcissus),希腊神话里的美少年,他谁也不爱,只爱照映在泉水里自己的影子,为自己消瘦而死,化成水仙花。

12

那大地为什么就该繁殖,供你生息?　　　　　　170
按照自然的大道理,你必须留后嗣:
这样,一旦你死去,你仍旧可以不死;
这样,你虽然死去,却实在仍旧永存于世:
因为有和你一样的生命,永远延续不止。"

说到这里,害单思的爱神津津汗湿,　　　　　　175
因为他们躺的地方,阴影已经渐移。
日神在中午正热的时候,也有倦意,
眼里冒火,看着下方这对男顽女痴。
他恨不得阿都尼能替他把车马来驾驶,
自己却像阿都尼,在爱神的香怀里偎倚。　　　　180

这时候,阿都尼心烦意厌,身懒体惝;
满眼都是不快活,一脸全是不高兴;
紧锁眉头,眯得一双秀目朦朦胧胧;
像云雾满空,遮断了蓝蔚,迷迷蒙蒙。
他阴郁地喊,"别再什么情不情!我不爱听。　　185
太阳晒到了我脸上来了,我得活动活动。"

"哎呀,"维纳斯喊道,"你年纪轻,心可真狠,
居然用这样毫无道理的借口图脱身!
我要吹出像天风的气,叫它习习成阵,
把要西去的红日,扇得清冷冷、凉森森。　　　　190
我要用头发把你遮住,叫它沉沉生幽阴。

如果头发也晒着了,我就用眼泪把它淋。

"天上照耀的太阳虽然正是最热之时,
但是我却也给你把它完全都遮住。
太阳的火对我并没有什么不舒服。 195
使我如燃欲焚的火本从你眼里射出。
我若不是长生不死,那我这副柔肠媚骨,
早就要在天上人间二火之间,遭到焚如。

"难道你的心真正比石还顽,比铁还硬?
石经雨滴也会磨损,铁经火炼也能熔。 200
莫非你不是妇人生,竟连爱情都不懂?
也不知道爱不见答,能给人多大苦痛?
哎哟,如果你妈也会像你这样冥顽无情,
那她到死都要孤零,你就没有机会下生。

"我是不是神,竟会叫你这样鄙视厌恨? 205
我对你求爱,里面会含什么危险成分?
不过区区一吻,难道会于你双唇有损?
说呀,好人,说好听的,否则不敢有劳您。
我只求你一吻,我回敬你,也决不过一吻。
你若愿我接个双吻,那另一吻就算利润。 210

"呸!不喘气的画中人物,冰冷冷的顽石,
装潢涂饰的偶像,冥顽不灵的死形体,
精妙工致的雕刻,却原来中看不中吃。

样子虽然像人,却不像妇人所生所育。
你并不是个男子,虽然面貌也像个男子; 215
因为男子对于接吻,求之不得,哪会畏避?"

这话说完,烦躁把她娓娓的语声咽断,
越来越强烈的爱,激动得她有口难言。
她脸发烧、眼冒火,一齐喷出满腹幽怨。
风情月债本归她管,自家公案却难办。 220
她一会嗫嚅欲开口,一会又涕泗流满面,
另一会就哽噎得要说的话打断难接连。

她有时摇自己的头,又有时拉他的手,
有时往他脸上瞧,又有时就往地上瞅,
另有时就像箍住了一般,用力把他搂。 225
她愿把他老这样搂,他却要她放他走。
他在她怀里硬挣强夺想要脱身的时候,
她就把百合般的纤指一个一个紧紧扣。

"心肝,"她说,"我既筑起这一道象牙围篱,
把你这样在里面团团围定,紧紧圈起, 230
那我就是你的苑囿,你就是我的幼麑。
那里有山有溪,可供你随意食宿游息。
先到双唇咀嚼吮吸,如果那儿水枯山瘠,
再往下面游去,那儿有清泉涓涓草萋萋。

"这座囿里水草又丰美,游息又可意, 235

低谷有绿茵芊绵,平坡有密树阴翳,
丛灌蒙茸交叶暗,丘阜圆圆微坟起,
给你又遮断了狂风,又挡住了暴雨。
苑囿既然这样美,那你为什么不作幼麑?
纵有千条犬吠声狂,都决不能惊扰了你。" 240

他听了这话微微一笑,好像表示鄙夷,
于是他腮上,两个迷人的小酒窝现出;
那两个小圆坑儿,本是"爱"的精心绝艺,
为的自己遭不幸,能有个简单的坟墓。
但实在说来,他既然是"爱",那他所在之处, 245
就不会有死亡:这种情况他早预见先知。

这两个迷人的小圆窝,迷人的小圆坑,
像张着小嘴,使迷恋的爱后坠入其中。
她早就神志失常了,现在更神志不清;
她头一下就打闷了,又何用两下才成? 250
可怜你,爱神,作法自毙,掉进自掘的陷阱,
一死地迷上了对你只表示鄙夷的面孔。

她现在该怎么办?还有什么话没说完?
话都说完了,她的苦恼却越来越难堪。
时光过去了,她爱的那人却归心似箭, 255
从紧缠着他的玉臂中,用力挣脱羁绊。
"求你,"她喊道,"把情面稍一顾,把心稍一软。"
他却不管,一跃而起,奔向骏马,想跨雕鞍。

但是你看,在邻近一丛矮树林子里,
有匹捷尼①骡马,口嫩神骏,精壮少比, 260
瞥见阿都尼的骏骑,正用蹄子刨地,
就连忙跑出来,气喘吁吁,振鬣长嘶。
那匹马首昂然的骏骑,本来在树上软系,
一见了这样,忙扯断缰绳,一直向她跑去。

他威武地又蹦又踢,又腾跃,又长嘶。 265
密织的马肚带,他一迸就两下分离。
他那硬铁蹄,划伤了生万物的大地,
使地心发出回声,只有天上雷声可比。
他嘴里的马嚼子,他一咬就都碎得像泥,
一下就完全制伏了用来制伏他的东西。 270

他两耳耸起;编结的长鬣本下垂拂披,
现在却在昂然拱起的长颈上直竖立;
他的鼻子吸进去的,本是清新的空气,
现在却像呼呼的闷炉,喷出一片水汽;
他的眼睛发出像火一般的光,闪烁斜视, 275
表示他的春心已经大动,情欲已经盛炽。

他有时细步急蹰,好像要把脚步数;
威仪中有温柔含,骄傲中有谦虚露;

---

① 产于西班牙的一种矮马。

忽然又半身直举,往前猛跳又猛扑,
仿佛说,你瞧瞧,我有多么大的气力！ 280
我这是对站在我一旁的骒马显威武,
好教她眼花缭乱,心生爱慕,作我的俘虏。

他主人惊讶、忙乱、气愤,他一概不理论。
他主人用"喂喂,别动!"哄他,他也耳朵沉。
他哪里还管马刺刺得痛,马勒勒得紧？ 285
他哪里还管马衣是否美,马具是否新？
他只见所爱,别的全视而不见,听而不闻。
因为在他那闪烁的眼光里,什么能够可心？

画家若想画一匹骨肉匀停的骏马,
使它比起真的活马来还要增身价, 290
那他的手笔,得比天工还精巧伟大,
使笔下的死马,远超过自然的活马。
现在这匹马,论起骨骼、色泽、气质、步伐,
胜过普通马,像画家的马,胜过天生的马。

蹄子圆,骸骨短,距毛蒙茸、丛杂而翩跹, 295
胸脯阔,眼睛圆,头颅小,鼻孔宽,呼吸便,
两耳小而尖,头颈昂而弯,四足直而健,
鬣毛稀,尾毛密,皮肤光润,臀部肥又圆；
看！马所应有的,他没有一样不具备完全,
只少个骑马的人,高踞他阔背上的华鞍。 300

他有时往远处狂蹿,又站住脚回头看,
于是一根羽毛一战颤,他又往前猛颠。
这一颠,都简直想和风争先后,赛快慢。
但是他还是飞,还是跑,没有人敢断言;
因为劲风正掠着他的尾和鬣,呜啸呼喊, 305
把他的毛吹得像长翎的翅膀一般翩跹。

他朝着他的所爱斜视,冲着她长嘶。
她也长嘶回报,好像懂得他的心意;
又像一般女性,见他求爱,把脸绷起,
故意作嫌恶的神气,假装狠心不理; 310
对他的爱情厌弃,把他炽盛的春情鄙夷。
他从她后面拥抱她,她就用蹄子使劲踢。

于是他就像个失意的人,抑郁又愁闷,
把尾巴像倒垂的羽缨那样,下拂后臀,
给欲火烧得如化的那一部分作覆阴。 315
他又刨地,又愤怒地把苍蝇乱咬一阵。
他的所爱,看见了他春情这样如狂似焚,
稍露怜心;他也由暴怒渐渐地变为斯文。

他那容易动怒的小主人家想去捉他,
谁知那未经人骑的骒马,一见害了怕, 320
就连忙把他来撇下,惟恐自己被人抓。
她前奔,他也后随,把阿都尼单独剩下。
疯了一般蹿进树林子里面的是他们俩;

叫他们撂在后面的是想追他们的老鸦。

阿都尼气得肚子发胀,一下坐在地上; 325
一面大骂这匹不受拘管的畜生混账。
现在又来了一次于爱后有利的时光,
可以用甜言蜜语给她的单思帮帮忙。
因为恋爱的人总说,若不让"爱"借重舌簧,
就是叫它受比平常三倍多的委屈冤枉。 330

一条河流完全壅障,水就流得更猖狂;
一个闷炉丝毫不通气,火就着得更旺;
密不告人的愁烦,也正是同样的情况;
自由畅谈,可以使"爱"的烈焰稍稍低降。
但是如果一旦"爱"的辩护士都一声不响, 335
那案中人除了伤心而亡,还有什么希望?

他看见她来到,脸上另一阵又红又烧,
就像要灭的炭火,让微风一下又吹着。
他用帽子把他蹩着的额连忙遮盖牢,
眼睛瞅着无情的地,心里不知怎么好, 340
也不管她还是并未近前,还是已经挨靠。
因为他眼里的她,只值得从眼角那儿瞧。

留心细看她那样匆匆忙忙,悄悄冥冥,
去就那顽梗任性的孩童,真是一奇景。
你看她脸上忽白忽红,红掩白、白减红, 345

满心的冲突,都表现在脸色的斗争中。
这一瞬间,她脸上还是灰白的;稍待片顷,
它就要射出红火来,和天上的闪电相同。

她现在已经来到了他坐的那个地点,
就像卑躬屈节的男爱人,跪在他面前, 350
用纤手把他的帽子,轻轻地撩在一边,
另一只柔嫩的手,就摸他更柔嫩的脸。
他这脸经她一摸,就有她的纤指印出现,
像初雪松又软,一触就留下了斑深痕浅。

哦,他们眼光交锋,多生动的一场战争! 355
她老满眼含情,望着他的眼哀求恳请。
他就满眼含嗔,好像没看见她的眼睛。
她老用眼传情,他就老用眼鄙视这情。
这一出哑剧,一幕一幕地演得分分明明;
她泪如雨倾,作剧中陪衬,更使剧情生动。 360

她现在极尽温柔地握住了他的手,
就好像白雪筑起围墙,把百合拘囚;
又好像石膏圆箍,把象牙密裹紧扣。
这样白的朋友,碰到这样白的对头!
这场"美"与"美"的斗争,一面猛攻,一面严守, 365
就好像两只银色的鸽子,喙交喙,口接口。

她的思想传达器官——喉舌又开始动作:

21

"哦,滚滚尘寰中,你这最秀美的过客,
我恨不得我能变成你,你能变成我;
我心完好似你心,你心伤如我心多; 370
那样,你只报我以和颜,我便助你得解脱,
即使我得因此舍上命,我也一定无吝色。"

"还我的手,"他说,"你摸我的手什么道理?"
"还我的心,"她说,"那我就把你的手还你。
不然,你的心就要使我的心变成铁石, 375
变成铁石,它就要不理会动人的叹息,
这样,情人的呻吟,我也要听来绝不在意,
因为阿都尼的心已使我的心变得狠戾。"

"你要点脸,"他喊道,"快放开手,别再纠缠。
我这一天的乐事,算是全完。马也不见。 380
都是你,闹得我和马,两下里都不照面;
我说,你走开,单留下我在这儿想一番。
因为我一心一意、满头满脑、急忙地盘算,
都想要叫我那匹骏马从骒马那儿回转。"

"你的马,"她答道,"该走的路就是这一条, 385
因为他这是对柔情的强烈攻势回报。
'爱'和炭相同,烧起来,得设法叫它冷却。
让它任意着,那它就要把一颗心烧焦。
大海有崖岸,热烈的爱却没有边界范牢。
所以你的马跑掉,并非奇事,不值得惊扰。 390

"他系在树上时,看着多么像驽骀下驷,
仿佛一根皮带,就能治得他老老实实。
但他一见他的所爱——青春应有的美侣,
他并没把那不足道的束缚放在眼里。
他从他那拱起的颈上把缰绳一下甩去,　　　　395
使他的头、口、颈、胸,都脱去羁绊,获得舒适。

"一个人看到他的所爱,裸体榻上横陈,
雪白的床单,都比不上她肤色的玉润,
那他岂肯只用饕餮的眼睛饱餐一顿,
而别的感官却能不同样地情不自禁?　　　　400
冰雪凛冽,天气严寒,哪会有人过于小心,
见了热火,却远远躲着,不敢靠前去亲近?

"因此我的小哥哥,你不该骂骏马顽劣。
我反倒恳切地要求你跟他好好地学,
不要对送到门上来的快乐随便轻蔑。　　　　405
他的行动就是你的模范,无须我喋喋。
哦,你要学着恋爱;这个玩意简单又明确,
它还是一下学会了,就永远不会再忘却。"

"我不懂恋爱是什么,我也不想学,"他说,
"只有野猪我才爱,因为它能供我猎获。　　　　410
我不要跟你强借,也不要你强借给我。
我对于'爱'也爱,但只爱暴露它的龌龊。

因为我听人说,它只能跟'死亡'讨点生活,
它也哭也笑,但只一呼吸间,便一生度过。

"衣服还未裁好做完,有谁能就去穿? 415
半个瓣还没长出来的花,谁肯赏玩?
生长发育的东西如受伤,虽只半点,
都要盛年萎谢,不会长得璀璨绚烂。
马驹年幼时,就叫他驮人负物,引重致远,
那他就要精力耗减,永远不能长得壮健。 420

"我的手叫你攥得痛起来,咱们得分开。
不要再瞎谈什么叫情,胡说什么叫爱。
你顶好撤围;我的心不能投降任屠宰;
它不会给向它猛攻的'爱',把城门开开。
请收起誓言、谀词和装出来的热泪满腮, 425
因为它们在坚定的心里,不能当作炮台。"

"怎么,你还会出声?"她说,"舌头还会活动?
其实顶好你没有舌头,或者我两耳聋。
你像美人鱼这样一说,叫我加倍伤情。
我本来就心里沉重,听你这话更沉重。 430
和谐中有龃龉,一派仙乐却奏得极难听。
耳边极美的乐声,却引起心里深创剧痛。

"假设说,我只有两只耳朵,却没有眼睛,
那你内在的美,我目虽不见,耳却能听。

若我两耳聋,那你外表的美,如能看清,   435
也照样能把我一切感受的器官打动。
如果我也无耳、也无目,只有触觉还余剩,
那我只凭触觉,也要对你产生热烈的爱情。

"再假设,我连触觉也全都失去了功能,
听也听不见,摸也摸不着,看也看不清,   440
单单剩下嗅觉一种,孤独地把职务行,
那我对你,仍旧一样要有强烈的爱情。
因你的脸发秀挺英,霞蔚云蒸,华升精腾,
有芬芳气息喷涌,叫人嗅着,爱情油然生。

"但你对这四种感官,既这样抚养滋息,   445
那你对于味觉,该是怎样的华筵盛席?
它们难道不想要客无散日,杯无空时?
难道不想要'疑虑',用双簧锁把门锁起,
好叫'嫉妒',那不受欢迎、爱闹脾气的东西,
别偷偷地溜了进来,搅扰了它们的宴集?"   450

他那两扇鲜红的门——嘴唇——又一次敞开,
叫他要说的话,甜蜜地畅通不受阻碍;
那就像清晓刚刚来,就出现了红云彩,
预示那海上船要沉没,陆上雨要成灾;
预示那鸟儿要受苦难,牧羊人要受损害;   455
牧牛人和牛群要遭疾飘和狂飙的破坏。

25

这种不吉的预兆,她留心注意早看到。
那就像暴雨之前,狂风一时停止怒号;
又像狼把牙一露,就知道他要开口嗥;
又像浆果一裂,就知道有黑水往外冒。 460
枪子出了膛,还不是有人遭殃,要被打倒?
所以,他还没开口,他的心思她就已猜着。

她一看他这样的神色,便往地上跌倒。
神色能使"爱"活人间,也能使"爱"赴阴曹,
眉头一皱创伤生,嫣然一笑就创伤好。 465
伤心人得到"爱"这样治疗,得说福气高。
那个傻孩子,一见她这样,认为她真不妙,
就用手拍她灰白的脸,直拍到脸生红潮。

他满腹惊讶,刚打好的主意也变了卦,
因为,他本来想对她来一番切责痛骂。 470
但是狡黠的"爱",却极巧妙地制人先发。
我给"机警"祝福,因为它这样维护了她!
她躺在草地上,呼吸停止,好像一下羞杀。
他给她渡气、接唇,到了她苏醒过来才罢。

他轻轻弯她的手指,使劲按她的脉息, 475
他微微拍她的两腮,慢慢搓她的鼻子,
轻轻揉她的嘴唇:总之想尽千方百计,
要把他的狠心给她的创伤医疗救治。
他吻她。她呢,一见大喜,就乐得将计就计,

老老实实地躺在那儿,好叫他吻个不止。 480

原先的愁苦阴沉似夜,现已变为白日。
她那碧波欲流的眼,似碧牖轻轻开启。
那就像辉煌的朝日,穿着耀眼的新衣,
使晨光欢畅,使大地呈现出一片喜气:
就这样,如同丽日映辉得太空明朗美丽, 485
她那一双美目,映辉得她的脸明艳美丽。

她的眼光,射到他那白净无须的脸上,
好像她的眼光,都从他那儿来的一样。
若非他两眼因不悦而紧蹙,稍显微茫,
从来没有过这样四只眼睛,交辉争光。 490
她的眼,由于隔着晶莹的泪而放出光芒,
所以就好像夜晚月映清塘看来的景象。

"哦!"她说,"我身在何方?在人间还是天上?
我在海里遭淹没?还是在火里受烧伤?
现是何时光?清晨明朗?还是昏夜漫长? 495
我还是一心想要活?还是一意愿死亡?
我刚才还活着,但却活得比死了还凄惶;
后来又死了,但在死中却得了生的欢畅。

"你曾叫我死掉,我求你再叫我死一遭。
你的眼受了恶师——你的狠心——的指教, 500
只会把鄙夷的样子现,不屑的神色表,

因此我这颗可怜的心,你早已杀害了。
我这一双眼,本来是女后我忠实的向导,
如无你的嘴唇,也早就离开了我的躯壳。

"为你双唇救了我,我祝它们长相接! 505
我祝它们鲜红永不褪,新装永不卸!
我祝它们存在时,青春永保无残缺!
把疫疠从应降大灾的年月中被除绝。
这样,星象家尽管已把人们的生死判决,
你喘的气,却回天旋地,把人命留,瘟疫灭。 510

"你的香唇,曾在我的柔唇上留下甜印,
要叫这甜印永存,我订任何契约都肯,
即使我得为此而卖身,我也完全甘心,
只要你肯出价购买,交易公平信用准。
成交以后,如果你还怕会有伪币生纠纷, 515
那你就把印打上我这火漆般红的嘴唇。

"你只付吻一千,我的心就永远归你管。
你还无须忙,可以一个一个从容清算。
在我嘴上触一千下就成,有什么麻烦?
你能很快就把它们数好,把它们付完。 520
若到期交不上款,因受罚全数要加一翻,
那也不过两千吻,于你又哪能算得困难?"

"美丽的爱后,"他说道,"你若有意和我好,而我对你却老害臊,请原谅我年纪少。
我还未经人道,所以别想和我通人道。 525
任何渔夫,都要把刚生出来的鱼苗饶;
熟了的梅子自己就会掉,青梅却长得牢;
若是不熟就摘了,它会酸得你皱上眉梢。

"你瞧,人间的安慰者太阳,已脚步疲劳,
在西方把他一天炎热的工作结束了; 530
夜的先行夜猫也尖声叫;天已经不早;
牛和羊都已经进了圈,众鸟也都归了巢;
乌黑的云彩天空罩,昼光淡淡,夕阴浩浩。
这都说,咱们道晚安而分手的时候来到。

"现在我对你说声晚安,你也把礼还。 535
你若听我这句话,我就不吝一吻甜。"
于是她说了声晚安。他也果不食言,
未说再见,就使分离的甜蜜酬答实现。
她用两臂把他的脖子温柔地紧围力缠。
于是成一体的他和她,成一个的脸和脸。 540

他都没法儿喘气,就把身子力挣脱离,
挪开了红似珊瑚的唇,醇如玉醴的气。
她那饥渴的嘴,早把美味吸了个十足;
但虽淋漓尽致,她仍抱怨,说不过点滴。
他们一个饿得要晕去,一个饱得要胀死, 545
这样,唇和唇一块紧粘,他和她一齐倒地。

强烈的情欲,把不再抵抗的牺牲捉住。
她饕餮一般地大嚼,还是老嫌不满足。
她的唇乘胜征服,他的唇就听命屈服;
战胜者不论要多少赎金,他都不吝惜。　　　　550
她那贪似鹰鹯的欲望,把价提得冲天起,
不吸尽他唇上丰富的宝藏,就不能停止。

她一旦尝到了战利品的甜蜜滋味,
就开始不顾一切,凶猛地暴掠穷追。
她的脸腾腾冒热气,她的血滚滚沸。　　　　555
不计一切的情欲,竟叫她放胆畅为!
把所有的一切都付诸流水,把理性击退;
忘了什么是害羞脸红,什么是名誉尽毁。

他叫她紧搂得又热闷、又困顿、又要晕,
就像野鸟,抚弄得太久了,变得很驯顺;　　　560
又像捷足的小鹿,被人穷追,精疲力尽;
又像闹脾气的孩子,哄好了,不再耍浑。
所以他现在伏伏贴贴,不抵抗,也不逃遁。
她虽不能尽所欲,却也尽所能大嚼一顿。

黄蜡不论冻得多么硬,经抟弄都要熔,　　　565
最后只轻轻一按,还能变成万状千形。
本来无望的事,大胆尝试,往往能成功。
特别在情场中,得寸进尺,更得凭勇猛。

爱并不是一来就晕,和灰脸的懦夫相同;
它的对象越扎手,它的进攻就该越起劲。　　　　570

他原先皱眉时,哦,她若轻易畏难而止,
那她就永也不会从他嘴上吸到玉醴。
爱人一定不要叫疾言厉色击退驱逐。
玫瑰还不是一样被采撷,尽管它有刺?
即便用二十把锁,把"美"牢牢地锁在密室,　　575
"爱"也照旧能把锁个个打开而斩关直入。

为了把他赦宥,就势难再把他强拘留;
原来那可怜的傻孩子,直哀求放他走;
因此上她就决定,不再把他硬拽死揪,
和他告别,嘱咐他把她的心好好护守。　　　　580
因为她指着小爱神的弓作证,赌下大咒,
说她那颗心,早已牢牢地嵌在他的心头。

"甜蜜的孩子,"她说,"我今宵凄凉怎生过?
因为,相思折磨我,怎能叫我把两眼阖?
爱的主人,你说,明天你可能再见着我?　　　585
你说能吧,然后再把晤会的时间订妥。"
他对她说,他明天不能和她作幽期密约,
因为他打算着和几个朋友把野猪猎获。

"野猪!"她失声一喊;跟着她脸上的娇艳,
一下就让灰白掩,好像薄纱明、轻罗软,　　　590

31

笼得玫瑰羞晕浅。他的话叫她心惊战；
她连忙用两臂,把他的脖子款搂紧挽,
她一面这样缠,一面带着他用力往后扳。
于是只见,她仰卧地上,他就伏在她胸前。

她现在才算真正来到风月寨、花柳阵。 595
主将已经跨上了坐骑,要酣战把命拚。
谁知道她所想的,只是空幻,难以成真。
他虽已骑在她身上,却不肯挥鞭前进。
只弄得她的苦恼比坦塔罗斯①还更难忍。
原来她虽到了乐土,却得不到乐趣半分。 600

可怜的鸟,看见了画的葡萄,以假为真,
弄得眼睛胀得要破,肚子却饿得难忍。
她就像这样,爱不见答,因而苦恼万分,
如同那鸟,瞅着水果,却可望而不可近。
她在他身上,既得不到她要的那股热劲, 605
她就不断地和他接吻,把他来撩拨勾引。

但都不成。好爱后,这可不能随你的心。
一切可以尝试的办法,她都已经用尽。
她费了如许唇舌,本应得到更多温存。
她是爱神,又正动爱劲,却得不到爱人。 610

---

① 宙斯的儿子,因杀子珀罗普斯以饷天神,被罚入冥土永受饥渴之苦,虽然身子浸在水中,头上悬着鲜果,但都永远可望而不可即。

"得了得了吧,"他说,"快放手。别挤得人要晕。
你这样搂住了我,真毫无道理,绝无原因。"

"如果你没告诉我,说要去把野猪猎获,
甜蜜的孩子,"她说,"你本来可以早走脱。
哎呀,你可要当心。我想你这是不懂得,   615
用枪扎凶猛的野猪,都会有什么后果。
它的牙老剑拔弩张,为的便于往快里磨,
磨快了,好学杀生的屠夫,把屠宰的活作。

"它拱起的背上,有刚鬃硬毛,列戟摆枪,
密扎扎地直耸立,叫敌人看着心胆丧。   620
它的眼似萤火,怒起来便闪烁生光芒。
它的嘴专会破坏,到处一掘就是坟圹。
它受到了招惹,不论什么它都横冲直撞,
被它碰上,都要在它弯曲的长牙下身亡。

"它那肥壮的两膀,也有硬毛刚鬃武装,   625
厚实坚强,你的枪尖扎不透,也刺不伤。
它那粗而短的脖子,也不容易损毫芒。
它怒气一发,连狮子它都看得很平常。
长着尖刺的荆棘丛,和密接互抱的灌莽,
见它来也害怕,忙分开让路,叫它往前闯。   630

"你这美貌的面孔,它绝对不知道敬重。
虽然爱神的眼睛,对它痛爱、护惜、尊崇。

你柔嫩的手、甜美的唇、水汪汪的眼睛,
完美得世上的人无不惊奇,它却不懂。
你若叫它得了手,哎呀,它可要斗狠逞凶!　　635
它要把你的美貌,像地上的草一样乱拱。

"哦,让它在它那令人恶心的窝里躲着,
'美'和这样的恶魔,绝没有丝毫的瓜葛。
千万可别成心去和它麻烦,招灾惹祸。
一个人听朋友的忠告,只有幸福快活。　　640
你一提起野猪的话来,我还并不是做作,
我真替你担惊受怕,吓得全身都直哆嗦。

"难道你没看见我的脸,一下变得灰白?
难道你没看见我的眼,满含恐惧疑猜?
难道我没晕过去,一下就栽倒在尘埃?　　645
你不是伏在我怀里?难道你没觉出来,
我的心预知不妙,又跳又蹦,老不能安泰?
只像地震一样,把在我身上的你都直筛?

"因为,'爱'所在的心里,有好捣乱的'妒忌',
自称为'爱'的卫士,给它警戒,把它护持;　　650
要永远惹起虚惊,要永远煽动起叛逆;
在太平无事的时候,老大呼杀敌、杀敌;
使温存柔和的'爱',也把热劲头冷却减低,
像凉水和湿气,把腾腾的烈火压制灭熄。

"性情乖戾的奸细,贩卖战争的恶匪徒, 655
专把'爱'的嫩蕾幼芽残害啮食的花蠹,
造谣生事、挑奸起火、搬是弄非的'嫉妒',
有时把真话传播,又有时把谎言散布。
他在我的心里鼓动,在我的耳边上咕噜,
说我若是爱你,我就得为你的性命忧惧。 660

"不但如此,他还在我眼前呈出幅画图。
画里出现的是一个愤怒凶暴的野猪,
在它那锋利的长牙下面,有一个形体,
和你的极相似,正仰面躺着,血肉模糊。
这血还把地上长的山花野卉濡染沾污, 665
使它们悲伤哀毁,把身子低弯,把头低俯。

"我现在只想到这种光景,就全身发抖,
如果我想的成了真事,那我该怎么受?
这种想法,叫我这脆弱的心不禁血流。
'忧愁'教给我,把未来的事,预先就看透。 670
因此,你若明天一定要去和野猪做对头,
我可预言:你要一下送命,我要一生发愁。

"你若非去行猎不可,那你可得听我说:
只可向胆怯会跑的小兔,放出狗一窝;
或者把狐狸捉,它们只凭狡猾谋逃脱; 675
或者把小鹿逐,它们见了人只会闪躲。
你只可在丘原,把这类胆小的动物猎获,

还得骑着健壮的马,带着猎犬去把围合。

"你若把目力弱的野兔赶起,你可注意,
看一下,那可怜的小东西,想逃避追敌,　　　　680
怎样跑得比风还快,怎样想制胜出奇,
拐千弯,转万角,闪躲腾挪,旁突又侧驰。
它在篱落的空隙间,进进出出,扑朔迷离,
使它的敌人,像在迷宫里一样,错乱惊异。

"它有时跑进羊群里,和它们混成一队,　　　　685
把嗅觉灵敏的猎狗,迷惑得不知其味;
又有时,就蹿到小山兔地下的深穴内,
使高声叫唤的追敌,暂时停止了狂吠;
又有时就和鹿群合,叫人难分它属哪类。
这真正是智谋出于急难,巧计生于临危。　　　　690

"因为这样,它的气味就和别的兽混杂,
用鼻子嗅的猎狗,就无法断定哪是它,
只好暂停吠声嘈杂,一直到忙搜紧查,
才又把失去了的气味找得分明不差。
于是它们又狂吠起来,只闹得回声大发,　　　　695
就好像另有一场追猎,正在天空里杂沓。

"这时,可怜的小兔,在远处的山上息足,
用后腿支身,叫前身拱起,把两耳耸立,
听一听它的敌人是否仍旧穷追紧逼。

霎时之间,它听见了它们的狂吠声起, 700
于是,它心里的难过,绝不能用笔墨表出。
只有那病已不治、听见丧钟的人可以比。

"这时只见那可怜的东西,满身露沾濡,
东逃西跑,侧奔横逸,曲里歪斜难踪迹。
丛丛恶荆棘,都往它那疲乏的腿上刺, 705
处处黑影把它留,声声低响使它停止。
因人一旦倒运,他就成了众人脚下的泥,
而且一旦成泥,就没有人肯把他再拾起。

"你好好地躺定,我还要说几句给你听。
别挣扎。我不许你起来,你挣扎也没用。 710
我要你把猎野猪看作是可恨的事情。
因此,我大谈道理,不像我本来的光景,
以此喻彼,用彼比此,彼此相比,层出不穷,
因为'爱',能对每样灾难悲愁,都解说阐明。"

"我刚才说到了哪里?"他说:"不要管哪里。 715
只要放我走,就不管哪里,都首尾整齐。
夜已经过去了。"她说:"哟,那有什么关系?"
"我有几个朋友,"他说,"约好了正等我呢。
现在这样黑,我走起来,一定要摔跤失足。"
"夜是顶好的时候,"她说,"叫爱情使用目力。 720

"不过你若真摔倒,哦,那你这样想才好:

那是大地,爱你美貌,故意让你跌一跤,
叫你嘴啃地,她好乘机偷着吻你一遭。
即便君子,见了珍宝,也要眼馋把它盗。
因此,腼腆的狄安娜,用惨云愁雾把脸罩, 725
否则也难保不偷吻你,把一生的誓言抛。

"我现在才懂得,今夜为什么这样黑。
这是狄安娜害羞,掩起银光而自晦。
要等独出心裁的'造化'被判逆天罪;
因为她从天上盗走模子,神圣尊贵, 730
成心和上天反对,按照模子造出你的美,
白天好叫太阳羞臊,夜里好叫月亮惭愧。

"因为这样,狄安娜就把命运之神收买,
叫她们把'造化'的匠心绝艺摧毁破坏,
在美中间掺杂上畸形病态,疵瑕丑怪, 735
使纯洁的完好,和腌臜的缺陷并肩排,
使'美'落入狂暴的厄运之手,被残酷虐待,
使她逢不幸,遭苦难,备受烦恼,历尽灾害。

"毒害生命的大疫,惑乱凶暴的狂易,
发烧的热病,使人委靡疲敝的疟疾, 740
耗损元气的痨瘵,如果沾染上身体,
便叫你血液沸腾,四肢痛楚骨支离;
还有生疮长疖,过饱伤食,罹忧患,遭悲凄,
都想置'造化'于死地,只因她把美赋予了你。

"这些疾病之内,即便是最轻微的一类, 745
也都能够经一分钟的侵袭,把'美'摧毁,
原先的俏形秀骨、雅韵清神、丽色香味,
并非偏好的人,都要认为奇异珍贵,
却一瞬就形销骨立,香消色褪,韵减神悴,
像山上的雪,在中午的太阳里一去不回。 750

"那些终身不嫁的女娘,尽管贞洁贤良,
誓绝尘缘奉神祠,永伴经卷守庵堂;
但是她们却一心想要世上发生人荒,
不肯育子女,叫青年少得像凶岁食粮。
咱们绝不学这种榜样。夜里辉煌的灯光, 755
本是把自己的油耗干了,才把人间照亮。

"若你未曾把你的后嗣毁灭在幽暗里,
那么按时光的正当要求,你该有后嗣。
但像你现在这样,你的身体不是别的,
只是张着大嘴的坟墓,要把后嗣吞噬。 760
如果真如此,那全世界就都要把你鄙夷,
因为你的骄傲,把这样美好的前途窒息。

"因此你若是自生自灭,同样无人赞同。
那是一种罪恶,坏过了兄弟阋墙之争,
坏过了不顾一切的人们,自戕把命送, 765
坏过了杀害亲子女的老子,绝灭人性。

腐蚀的臭锈,能把深藏的宝物消耗干净,
黄金如善于利用,却能把更多的黄金生。"

"得了吧!"阿都尼喊,"别这样越说越没完。
你这是又要把无聊的老话搬了又搬。　　　　　770
我那一吻,也算枉然,因为你说了不算。
你净扭着人要把事办,那也只是枉然。
因为,情欲的秽乳母——黑脸的夜晚——看得见,
你的高论放得越多,你也就越让我讨厌。

"假使爱情能使你长出来舌头两万条,　　　　775
每一条都比你还伶牙俐齿,能说会道,
像淫浪的美人鱼,唱得使人神魂颠倒,
那我听来,也只能像耳旁风一样无效。
因为你要知道,我的耳朵给我的心保镖,
决不让任何淫词艳语,打进心房的内窍。　　　780

"怕的是,使人迷惑错乱的靡靡之音,
会深深侵入我这风平浪静的内心,
叫我这赤子的天真动情欲,生痴嗔,
把它的内寝搅得不安静,扰攘纷纭。
哦,女后,我的心不想愁烦苦闷,长呻短吟,　　785
它现在既然独寝,它只想能够睡得安稳。

"所有你讲的道理,哪一点我不能驳斥?
往危险那儿去的道路,永远光滑平直。

我对于'爱'并不是一律厌弃。我恨的是:
你那种不论生熟,人尽可夫的歪道理。　　　　　790
你说这是为生息繁育,这真是谬论怪议。
这是给淫行拉纤撮合,却用理由来文饰。

"这不是'爱'。因为自从世上的淫奔不才,
硬把'爱'的名义篡夺,'爱'已往天上逃开。
'淫'就假'爱'的纯朴形态,把'青春之美'害,　　795
使它的纯洁贞正,蒙了恶名,遭到指摘。
这个暴戾的淫棍,把'美'蹂躏,又把'美'毁坏,
就像毛虫把幼芽嫩叶那样残酷地对待。

"'爱'使人安乐舒畅,就好像雨后的太阳,
'淫'的后果,却像艳阳天变得雨骤风狂;　　　　800
'爱'就像春日,永远使人温暖、新鲜、清爽,
'淫'像冬天,夏天没完,就来得急急忙忙。
'爱'永不使人餍,'淫'却像饕餮,饱胀而死亡。
'爱'永远像真理昭彰,'淫'却永远骗人说谎。

"我可以说的还很多,不过我不敢多说。　　　　805
讲的题目很古老,讲的人却年轻嘴拙。
因此我这回却一点不错要和你别过。
我满脸含羞又带愧,满腹忧繁又愁多,
我听到了你这么些艳语淫词,猥亵邪恶,
觉得实在龌龊污浊,两耳一直烧得似火。"　　　810

他一面说，一面从她的香怀里挣脱，
离开她那玉臂的拥抱，酥胸的揉搓，
穿过昏暗的林隙，急忙往家里藏躲；
把爱后满怀痛苦地撂在那儿仰卧。
你曾看见过明星一颗，在中天倏忽流过？　　815
爱后眼里的他，就那样在夜里一闪而没。

他人虽去，他的余影仍把她的眼光摄。
像岸上的人，和刚上了船的朋友告别，
老远看着；一直看到巨浪和天空相接，
排空直立，高如山岳，把他的视力隔绝。　　820
无情的昏沉黑夜，就这样把他的身形截，
把她凝注的那个人包围吞噬，整个没灭。

她迷惘怔忪，好像一个人因为不小心，
一下失手，把珍贵的珠宝掉入了巨浸；
又像夜里的行人，走到阴森森的深林，　　825
无端灯笼叫风吹灭，眼前只一片昏沉。
她就那样仰卧在暗地里，目又呆，口又噤。
只因为失去了能给她指路的少年英俊。

于是她用手搥胸，从心里发出呻吟声。
四周围的幽岫深洞，好像也起了骚动，　　830
把她的长吁短叹萦回周旋，往来传送。
跟着哀怨四处生，深沉低重，山震谷鸣。
她发了几声唉唉，又说了二十声痛痛痛，

42

于是二十倍的二十声痛痛痛,和她呼应。

她听到回声起,就开始用号哭的调子, 835
临时随口唱出一段凄楚动人的歌词:
唱"爱"怎样使青年变奴隶,老人变呆痴,
"爱"怎样是愚中有智、智中有愚的东西。
她的歌儿永远以哀伤结束,以悲痛终止。
她的合唱队也永远同声应答,表示一致。 840

长夜已过,歌声还不断,真正叫人生厌。
情人的时光实际很长,虽然自觉很短。
他们那一套把戏,自己觉得趣味盎然,
就认为别人当此情此景,也同样喜欢。
他们的情谈,往往开了头,絮叨叨、腻烦烦, 845
没人能听得全,也没人知道什么时候完。

除了无聊的声音,像唯唯否否不离口,
还有什么和她把漫漫的长夜一同守?
这种声音一叫就应,就像酒保的尖喉,
对那种性情乖僻的顾客,强把趣儿凑。 850
她若说,非唯唯,是否否,它们也就说否否;
她若说,是唯唯,非否否,它们决不说否否。

看!云雀轻盈,蜷伏了一夜感到不受用,
从草地上带露的栖息处,盘上了天空,
把清晨唤醒。只见从清晨银色的前胸, 855

太阳初升,威仪俨俨,步履安详,气度雍容。
目光四射,辉煌地看着下界的气象万种,
把树巅山顶,都映得黄金一般灿烂光明。

维纳斯对太阳早安说连声,把他接迎:
"你这辉煌的天神,一切光明的主人翁, 860
每一盏明灯、每一颗明星所以亮晶晶,
都因你借与光明,否则只有黑暗昏暝。
如今有个孩童,虽是凡间女子所育所生,
能借给你光明,和你借给万物光明相同。"

她这样说完,忙往一丛桃金娘林里赶, 865
一心只想,清晨的时光已经过了大半,
怎么没听见她的所爱,有任何消息传?
她倾耳细听,听他的号角和他的猎犬。
于是果然听见它们一齐大声猛叫狂喊。
她顺着它们的这吠声,急忙跑去不怠慢。 870

在她往前跑去的时候,路上的丛灌,
有的摸她的脖颈,有的就吻她的脸,
又有的抓住她的腿,叫她难把路趱。
她用力挣脱了它们这种紧裹慢缠,
就好像树林中的麂鹿,乳头胀得痛又酸, 875
连忙要赶到丛莽中藏着的麑鹿的身边。

她这时听出来,有大敌当前,背城死战,

就吃惊非浅;一个人,若忽遇毒蛇出现,
吓人地盘着,把他的去路恰恰挡得严,
他就要又哆嗦、又打战,挪一步都不敢; 880
她觉到,群犬的吠声表示它们畏缩不前。
也就同样眼前生花,耳里雷鸣,身上乱颤。

她现在知道,所猎的决非动物弱小,
而一定是野猪粗暴,熊莽撞,狮骄傲。
因为吠声永远停在一处,又嘈又高, 885
猎狗就在那儿带着恐惧狂嗥大叫。
原来它们看到了敌人那样地凶恶残暴,
便互相推让,谁都不肯去抢先登的功劳。

这样惨叫,让她的耳朵听来十分凄惶。
从耳朵传到心里,叫她心里也起惊慌。 890
她只吓得面失色,满腹疑虑事不吉祥,
腿软手颤,口呆目怔,足难移来身似僵,
四肢百骸齐解体,像兵士一遇主将败亡,
便四下里乱逃乱窜,不敢再留在战场上。

她这样身发抖、眼发直,兴奋得不自主。 895
接着又把惊慌失措的感官鼓励安抚;
对它们说,它们这样怕,显与事实不符,
它们这是和小孩一样,无端自己恐怖;
告诫它们不要这样全身哆嗦,骨麻筋酥。
她说到这里,一眼瞥见了那被猎的野猪。 900

只见它满口白沫吐,又满嘴红血污,
似鲜奶和鲜血搅在一起,狼藉模糊。
于是恐怖第二次在她全身上传布,
使她疯了一般,不知应该往哪里去。
她往前瞎跑一气,于是忽然一下又站住, 905
跟着又跑回原处,大骂杀人该死的野畜。

一千种恐怖,支使着她奔向一千条路。
她乱跑,好像只为去而复来,来而复去。
她的急劲儿,只有她的慢劲儿能够比。
就像醉汉,仿佛不论何事,都用心考虑, 910
然而,他的脑子里却一样也没认真考虑,
忙忙碌碌,乱抓一气,却半点也没有头绪。

她先看到,在一丛灌莽里,趴着狗一条,
她就对那疲乏的畜生把它的主人要。
又看到另一条,想把血淋淋的伤舔好, 915
因为治含毒素的伤,这种疗法最有效。
又找到第三条,只见它面目凄怆神伤悼,
她问它话,它只呜呜狂吠长嗥,作为回报。

它刚停止了这样逆心刺耳的长嗥,
另一个厚唇下垂的畜生,抑郁懊恼, 920
也朝着苍天一阵一阵地呜呜哀号。
于是一个接一个,都一齐开始狂叫;

原先直耸的尾巴,都紧贴身后往地上扫;
咬伤了的耳朵直甩动,血涌不止似海潮。

你曾见过,世上有些可怜的愚夫俗子, 925
看到妖魔鬼怪、异兆奇象,便惊慌失据,
带着恐惧之心,把它们长久观望注视,
一心只怕将要发生可怖的祸殃灾异。
同样,眼前的景象,叫她倒抽了一口凉气,
接着又把气叹出,向死神大大发泄悲凄。 930

"你这狰狞的魔君,枯肉巉巉,白骨嶙嶙,
专和爱做对头,狠毒的化身,"她骂死神。
"地上的毒蛇,世间的骷髅,连笑都吓人。
你为何把美扼杀,把他的生命暗中侵?
他活着的时候,本来气息清香,容貌聪俊, 935
能叫紫罗兰都增芬芳,玫瑰花都增艳润。

"他若是死了——哦,不可能,他不可能死。
难道你看到他那样美,还不知自制?
但也可能。因为你本来是有目无珠,
你只狠毒恶辣地胡砍乱扎,视而无睹。 940
你的对象本是老迈衰弱,但你无的放矢,
因此你的毒箭杀害了的却是一个孺子。

"你若曾经警告过他,他就会和你答话,
那样你听到了他,你的威力就要消煞。

命运之神因你这一着,定要把你咒骂。 945
她们本来叫你除莠草,你却拔了鲜花。
向他发的应该是爱神的金箭,色丽彩华,
不应该是死神的黑箭,阴森地把他射杀。

"难道你饮泪解馋,才涌起如许的泪泉?
悲愁的呻吟,于你会有什么好处可言? 950
那一双眼,本是教给许多眼如何顾盼,
你却为什么把它们断送,叫它们长眠?
现在造化不再理会你那操生死的大权,
因她最完美的天工,你已经狠毒地摧残。"

她说到这里,像绝望的人,悲不自胜, 955
两眼怔忪,于是眼皮便像闸门合拢;
晶莹的眼泪,原先往香腮上汨汨直涌,
汇成两条水流,滴到酥胸,一时暂停。
但是银色的雨,仍旧不断往闸门那儿冲,
把闸门二次冲开,因泪的巨流汹涌势猛。 960

看,她的泪和眼,你取我与,恐后争先:
泪从眼里晶莹落,眼又在泪里玲珑现,
同晶莹,两映掩,互相看着彼此的愁颜。
同情的叹息就把眼泪、泪眼,轻拂慢搋。
但像风雨交加之日,风吹不停,雨下不完, 965
因此,双颊刚被叹息吹干,随即泪痕阑干。

在她无尽的伤悼中,不同的感情齐涌,
像争强斗胜,看谁最能表现她的悲痛。
它们都受到收容,于是各自奋勇逞能,
每一种都好像是其他那些的主人公,   970
却一种也不能称雄;于是它们联合结盟,
像乌云聚拢,商议怎么能召来暴雨狂风。

这时,她忽然听见远处猎人高声喊起,
从未有乳母的歌声能叫婴儿更欢喜。
她原先想象之中的一切恐惧和疑虑,   975
都叫这一声喊排斥;希望并非全绝迹。
这种死而复生的欢心,叫她又生出喜意,
奉承她说,喊出这一声的,一定是阿都尼。

于是她那像潮水的眼泪,回澜闭闸,
在眼里暂藏,像在椟中的珍珠无价。   980
只偶有晶莹明澈的泪珠,慢慢流下,
但一到脸上就融化,好像不肯让它
往肮脏的地面上流,往污秽的尘土中洒,
因为珠圆玉润的泪,怎能洗净地的邋遢?

唉,不轻置信的爱,你好像难推诚相待,   985
同时却又好像无言不采:看来真奇怪。
走极端、尽极限的是你的快乐和悲哀。
绝望和希望,同样弄得你滑稽又痴呆。
你想入非非,把快乐胡琢磨,来宽慰心怀。

又离奇地琢磨悲哀,弄得自己死去活来。 990

她现在把她已织成的东西又都拆开,
因为阿都尼还在,那死神就无可指摘。
她刚才说他一钱不值并非她的本怀。
她现在给他那可恨的名字贴金敷彩。
她叫他坟之国王,国王之坟,把他来推戴。 995
一切有生,他最尊贵,他应受到一切崇拜。

"甜美的死神,"她说,"刚才的话都是胡扯。
因为,我看到了野猪——那个残暴的家伙,
就吓得直打哆嗦,所以我请你原谅我。
那东西,不懂什么叫仁慈,只一味凶恶。 1000
因此,温柔的黑阴影,我得对你把实话说:
我怕我的所爱遭不幸,才对你大动唇舌。

"那不是我的错。野猪惹得我乱道胡说。
无形影的掌权者,有怨气请对它发作。
侮辱冤枉你的,本是那个肮脏的家伙。 1005
我只受命执行,它才是诬蔑的主使者。
悲痛本来有两条长舌。像女人那样软弱,
若无十人的本领,就难把二舌制伏束缚。"

这样,她因为希望阿都尼还在世上,
就把原先莽撞的恐惧疑虑渐渐扫光; 1010
又因为希望他的美将来更灿烂辉煌,

还卑躬屈节地把死神又奉承、又赞扬,
把死者的坟穴、墓志、碑碣、雕像和行状,
死神的胜利、凯旋和荣光,都大讲而特讲。

"哦,天帝啊,"她说,"我真正是拙笨愚蠢, 1015
竟能因疑虑惊惧而思想乱,头脑昏,
把活人当死人。其实他要永远长存,
除非一切尽毁灭,天地万物共沉沦。
因为他若一旦死去,'美'也就要同归于尽。
'美'若一死,宇宙也就要再一度混乱混沌。 1020

"唉唉,痴傻的'爱',你老满怀的恐惧疑猜,
就像身带珠宝的人,有盗贼四外徘徊;
耳不能闻、目不能见的琐细微小事态,
你那忐忑的心却偏能胡测度,瞎悲哀。"
刚说到这里,只听得欢乐的号角声传来, 1025
她于是不觉欢跃,虽然刚才还身在苦海。

她嗖地跑去,就像鹞鹰一掣而不可制,
步履轻盈,经过的地方草都照旧直立。
她正匆匆前奔,却不幸一下看在眼里:
她那俊秀的所爱,在野猪的牙下身死。 1030
她一见那样,双目立刻失明,好像受了电殛;
又像星星不敢和白日争光,一下退避躲起;

又像一个蜗牛,柔嫩的触角一受打击,

就疼痛难忍,连忙缩回到自己的壳里,
在那儿蜷伏,如同憋死一样屏气敛息,   1035
过了好久好久,还不敢再把头角显露。
她当时一看到他这样血淋漓、肉模糊,
她的眼睛就一下逃到头上幽暗的深处,

在那儿它们把职务交卸,把光明委弃,
全听凭她那骚动的脑府来安排处治。   1040
脑府就叫它们和昏沉的夜做伴为侣,
不再看外面的景象,免得叫心府悲凄。
因为她的心,像宝座上神魂无主的皇帝,
受眼睛传来的启示,呻吟不止,愁苦欲死。

于是所有的臣子,也无不战栗俯伏,   1045
好像烈风闭在大地之下,硬夺出路,
就引起了地震和海啸、山崩和水沸,
把人吓得身出冷汗,吓得心乱无主。
她的心就这样骚乱,使四肢百骸齐惊怖,
于是她的眼光又从潜伏的暗室中射出。   1050

她又看见了本来不愿看的极惨奇丑:
野猪在他的嫩腰上扎的那个大伤口。
原先白如百合的地方,现在殷红溃透,
好像伤口为他悲痛,血泪喷洒无尽休。
在他身旁,不论是花是草,不论是苗是莠,   1055
好像无不染上他的血,像他一样把血流。

可怜的维纳斯,看到花草都惋惜、同情;
她的头垂在肩上,软绵绵地不能直挺。
她只哑然无声伤悼,像癫了一般悲痛,
她还以为他不会死,还认为他有活命。 1060
她的嗓子忘了如何发声,骨节也不会动。
她的眼一直哭到现在,都哭得如痴似疯。

她对他的伤,目不转睛地一直细端详;
眼都看花了,把一处伤看作了三处伤。
她对自己的眼申斥,说不该胡乱撒谎, 1065
把完好的地方说成血肉模糊的模样。
他的脸好似成了两个,肢体也像成了双;
因为心里一慌,看东西就往往渺渺茫茫。

"只死了一个,我就已说不出来地悲痛,
哪能受得了两个阿都尼身卧血泊中? 1070
我已经无余气可再叹,无余泪可再倾。
我两只眼火一样红,一颗心铅一般重。
铅一般的心啊,顶好叫这火一样的眼烧熔!
这样,我便可随热爱滴滴化去,了却一生。

"唉!可怜的人世!你失去的是甚样珍异! 1075
哪里还有秀美的人物值得瞻仰顾视?
哪里还有语声能那样悦人耳,快人意?
不论将来,不论过去,你都再一无可取。

花儿固然芬芳清逸,绚烂璀璨,鲜艳美丽,
但是真正甜蜜的美,却只和他同生共死。　　　　　　1080

"从现在起,你再不需要披面纱,戴帽子,
因为风和日,不会用尽方法想去吻你。
你本无可畏惧,只因为你本无可丢失。
对于你,日只瞑之以目,风只嗤之以鼻。
但阿都尼生的时候,多情的峭风和烈日,　　　　　　1085
却像两个隐在暗处的贼,掠夺他的美丽。

"因为如此,所以他才不得不戴帽子,
但辉煌的太阳,偏从帽子下面窥视。
风也吹他的帽子,想要把帽子吹去,
以便和他的鬈发游戏。于是他哭泣。　　　　　　　1090
太阳和风一见他如此,便怜他年幼齿稚,
又看谁能把他的泪先擦干了,互相比试。

"狮子为赏识他的美,在篱后偷偷跟随,
不敢露面儿,恐怕他见了惊吓而后退。
他唱歌的时候,猛虎听见了也都心醉,　　　　　　1095
变得老实、温柔、驯顺,不像个兽中之魁。
狼正大嚼牺牲,听到他说话的声音优美,
也停止了饕餮,一天都不再和羊羔作对。

"他若溪边暂立闲行,把影子映在水中,
鱼都聚在影子上面,展金鳃喋喋涵泳。　　　　　　1100

他在鸟儿跟前,鸟儿也又喜悦、又欢腾,
有的唱歌给他听,有的就用尖喙轻灵,
给他含来桑葚丛丛,或者樱桃又圆又红。
他把秀色供它们赏,它们就用果子回敬。

"但是这个狰狞龌龊、嘴如刺猬的野猪,　　1105
却老把眼睛瞅着地上,到处寻找坟墓。
阿都尼秀美的好皮囊,它永无法目睹。
你若不信,请看它要怎样迎接阿都尼:
如果它能看见他的脸,那我决深信不疑,
它就一定想要吻他,而因吻他把他害死。　　1110

"不错,不错,阿都尼就这样叫它害死:
原先他用尖枪,朝着野猪刺去之时,
野猪并没想要在他身上磨牙砺齿。
它只想用接吻的方式,把他来阻止,
哪知多情的野猪刚把嘴往他腰上一触,　　1115
就不知不觉,把牙扎到他那柔嫩的鼠蹊。

"我得承认,我的牙若长得和野猪一样,
那我早就要因为吻他而叫他把命丧。
他现已不在世上,他的青春大梦一场,
永未给我的青春福祥,叫我更觉悲伤。"　　1120
她说到这里,就一下倒在她站的那地方,
他开始凝固的血,也染在她美丽的脸上。

她往他唇上望,他的唇灰白非复旧样;
她拉他的手,他的手早已经僵硬冰凉;
她在他耳旁低声细说她的忧怨悲伤,　　　　　1125
仿佛他的耳朵还能听见她哀诉愁肠;
她把他紧紧贴在眼上的眼皮分掰成两,
只见原先那两盏灯已经熄灭,昏暗无光。

那本是两面明镜;她曾见自己的倩影,
不止千回万遍,在那里面玲珑地反映。　　　　1130
它们本是眼中之英,但一旦失去功能,
所有的美,就永远也起不了美的作用。
"你虽已死,白日却仍旧一样地清澈晶明,
你万世的俊英啊!"她说,"这真是要我的命!

"你今既已丧命,那我可以预言一通:　　　　　1135
从此以后,'爱'要永远有'忧愁'作随从;
它要永远有'嫉妒'来把它服侍供奉。
它虽以甜蜜始,却永远要以烦恼终。
凡情之所钟,永远要贵贱参差,高下难同,
因此,它的快乐永远要敌不过它的苦痛。　　　1140

"它永要负心薄幸、反复无常、杨花水性;
要在萌芽时,就一瞬间受摧残而凋零;
它要里面藏毒素,却用甜美粉饰外形,
叫眼力最好的人,都受它的蒙骗欺哄;
它能叫最强健精壮的变得最软弱无能;　　　　1145

叫愚人伶牙俐齿,却叫智士不能出一声。

"它要锱铢必较,却又过分地放荡奢豪;
教给老迈龙钟的人飘飘然跳踊舞蹈,
而好勇狠斗的强梁,却只能少安毋躁;
它把富人打倒,却给穷人财物和珠宝;
它温柔得一团棉软,又疯狂得大肆咆哮;
它叫老年人变成儿童,叫青年变得衰老。

"无可恐惧的时候,它却偏偏要恐惧,
最应疑虑的时候,它却又毫不疑虑;
它一方面仁慈,另一方面却又狠戾;
它好像最公平的时候,它就最诈欺;
它最驯顺热烈的时候,它就最桀骜冷酷;
它叫懦夫变得大胆,却叫勇士变成懦夫。

"它要激起战事,惹起一切可怕的变故;
它要叫父子之间嫌隙日生,争端百出;
一切的不满,它全都尽力地护持扶助,
它们臭味相投,惟有干柴烈火可仿佛。
既然我的所爱还在少年,就叫死神召去,
那么,一切情深的人都不许有爱的乐趣。"

她说到这里,躺在她旁边的那孩子,
慢慢地烟消雾散,只化得无踪无迹。
于是,从他洒在地上的那片血泊里,

一棵鲜红雪白相间的花一下涌起,
非常地像他那种鲜丽红艳的圆圆血滴,
在他那雪白的双颊上现出,分明又清晰。　　　1170

她低下头去,闻那棵鲜花发出的香气。
她把这种香气和他当日喘的气比拟,
她说:死亡既使阿都尼和她两下分离,
那她的香怀就要从此永供这花栖息。
她把花枝折,只见折的地方绿汁流不止。　　1175
她说,这就是花的泪水,为死去的他惋惜。

"儿子已经很香,你父亲却比你还要香;
可怜的花,"她说,"你和你父亲完全相像,
他就是有一丁点儿烦恼,就流泪悲伤。
他抱定了自生自灭、自存自亡的愿望。　　　1180
这也是你的愿望。不过有句话你不要忘:
他的血就把你化,我的怀就要把你抚养。

"你父亲当日的床榻,就安在我的怀中,
你是他的继承人,这床理应归你受用。
所以,你要在这个软摇篮里安身立命。　　　1185
我这跳动的心,要日夜给你把它摆动。
我每一点钟里面要连一分钟也都不停,
和我甜蜜的所爱化的花接吻,把它抚弄。"

她对尘世已厌倦,就匆匆起身无留恋,

驾起那两只鸽子,要离开纷扰的人间。　　　　1190
她在车上坐好,鸽子立刻往空中盘旋,
拉着香辇轻茜,通过天宇寥廓路漫漫,
朝着巴福斯①的去程,把莽莽尘寰抛得远。
在那岛上,爱后打算静居深藏,不再露面。

---

① 塞浦路斯岛上的古城名,建有维纳斯神庙。

鲁克丽丝受辱记

杨 德 豫 译

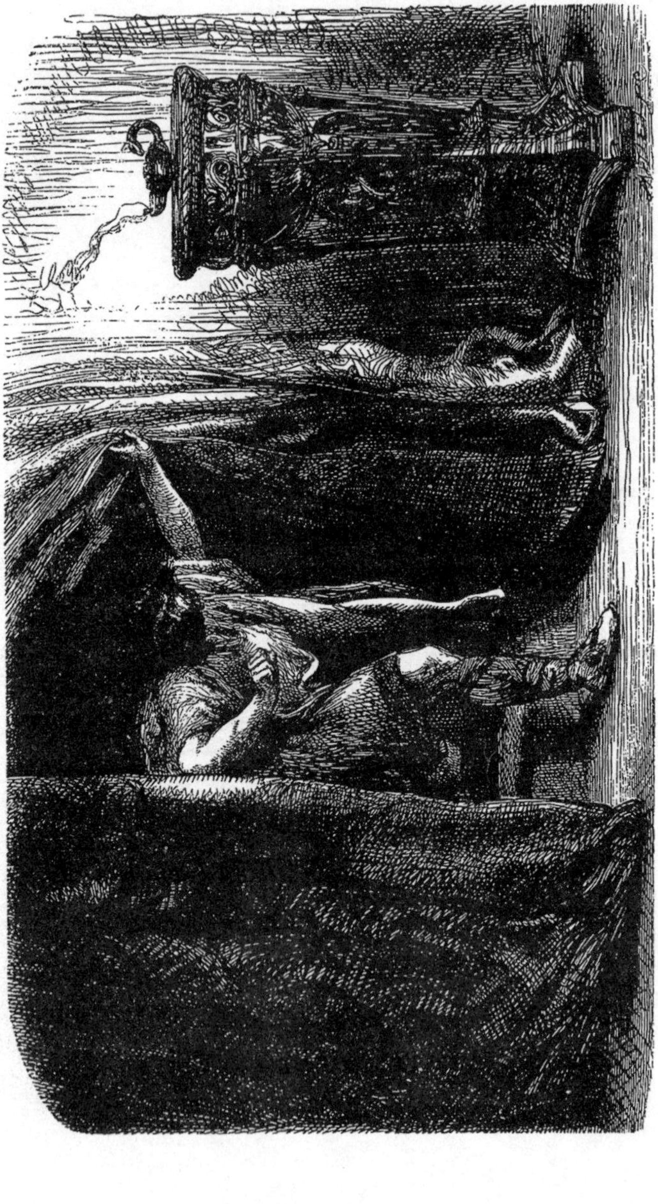

献　　与
扫桑普顿伯爵兼提齐菲尔男爵
亨利·娄赛斯雷阁下

　　我对阁下的敬爱是没有止境的；这本没有头绪的小书，只显示这种敬爱流溢出来的一小部分而已。是您高贵的秉性，而不是这些鄙俚诗句的价值，保证拙作得蒙嘉纳。我已做的一切属于您；我该做的一切属于您；本书既为我的所有物之一部分，也就必定属于您。我若更有才能，我对您也会更有价值；目前，却只能照现有的情况，将这一切奉献给阁下。谨祝阁下长命百岁，福祚绵绵。

阁下的忠仆
威廉·莎士比亚

故事梗概[*]

路修斯·塔昆纽斯①（他由于极端倨傲，被称为"塔昆纽斯·苏佩布斯"②）用凶残手段将其岳父塞维乌斯·图琉斯置于死地之后，违反罗马的法律和常规，不曾征得或俟得人民的同意，径自攫取了王位。后来，他率领诸王子和罗马其他贵族，去围攻阿狄亚城③。在攻城战役中，一天晚上，罗马众将领在王子塞克斯图斯·塔昆纽斯的营帐里聚会；晚饭后闲谈时，每人都夸耀自己夫人的美德，其中柯拉廷努斯④更盛赞其妻鲁克丽丝贞淑无比。在这种愉快心情里，他们并辔向罗马疾驰，意欲借此意外的突然到达，来验证各自的夫人对这种赞誉是否当之无愧。结果发现：惟独柯拉廷努斯的妻子深夜仍率侍女纺绩，其他贵妇则正在跳舞、饮宴或嬉游。于是众贵族一致承认了柯拉廷努斯

---

* 　《故事梗概》是作者自己写的。
① 　根据古罗马传说，路修斯·塔昆纽斯（或塔昆）是罗马王政时代的最后一个国王。他在谋杀岳父、篡据王位后，暴虐无道，民怨沸腾。公元前509年，因其子奸污鲁克丽丝，激起公愤，他和他的家族被放逐，王朝被推翻，罗马共和国遂告成立。
② 　"苏佩布斯"即"自大狂"之意。
③ 　阿狄亚城在罗马以南二十四英里。
④ 　柯拉廷努斯（或柯拉廷）是国王路修斯·塔昆纽斯的外甥。

的优胜,一致首肯了他的夫人的令名。这时,塞克斯图斯·塔昆纽斯已因鲁克丽丝的美貌而动心,但暂时遏制欲念,偕众人返回军营;不久,他就私自离开营地,来到柯拉廷城堡①,凭他王子的身份,受到鲁克丽丝优渥的款待,并在城堡中留宿。当夜,他背信弃义地潜入鲁克丽丝的卧室,强暴地污辱了她,而于翌日凌晨仓皇遁去。鲁克丽丝悲恸欲绝,火速派遣两名信差,其一到罗马去请她父亲,其二到军营去请柯拉廷。他们两个,一个由裘涅斯·勃鲁托斯②陪同,另一个由浦布琉斯·瓦勒柔斯③陪同,来到城堡,发现鲁克丽丝披着丧服,便惊问她悲痛的原因。她首先叫他们立誓为她复仇,然后揭露了罪犯的名字及罪行,接着便猝然举刀自杀。在场的人们目睹这一惨变,便一致宣誓:要把十恶不赦的塔昆家族一举攘除。他们抬着死者的尸身来到罗马,由勃鲁托斯将这一惨祸的祸首及其罪行告知人民,并严厉抨击国王的暴政。罗马人民怒不可遏,经口头表决,一致同意将塔昆家族的人尽行放逐,国政遂由国王转入执政官之手。

---

① 柯拉廷城堡在罗马以东十英里。
② 裘涅斯·勃鲁托斯,传说中的罗马贵族。他的父亲和长兄都被路修斯·塔昆纽斯杀害,他伪装痴呆,得免于难。塔昆王朝被推翻后,他和柯拉廷努斯共同担任罗马第一任执政官。
③ 浦布琉斯·瓦勒柔斯,罗马很有名望的绅士。柯拉廷努斯退隐后,他曾担任执政官。

鲁克丽丝受辱记

淫念熏心的塔昆,从罗马军营溜号,
离开被围的阿狄亚,潜赴柯拉廷城堡;
奸猾叵测的邪欲,举双翼将他引导;
他急急忙忙赶路,揣着无光的火苗——
这火苗藏在灰烬里,只等时机一到,
要燃起烈焰一团,前去紧紧环抱
柯拉廷贞淑的妻子——鲁克丽丝的纤腰。

也许,偏偏不幸,正是这"贞淑"美名
勾起了塔昆的情欲,犹如给利刀添刃;
只因不智的柯拉廷,不应该百般赞颂
是何种无与伦比的、明丽的嫩白与嫣红
显耀在她的脸上——那是他仰慕的天穹;
那儿,伊人的星眸,亮似天国的银星,
以冰清玉洁的柔辉,向他效忠致敬。

只因前一天夜晚,在塔昆王子的帐幕,
他不该向众人揭示他所享有的艳福,

说是上天赐予他无比珍贵的财富——
与这美貌的淑女,结成美满的眷属;
他矜夸他的幸运,口气高傲而自负,
说是帝王贵胄们尽管威名卓著,
他们却休想匹配这位无匹的仙姝。

世间有几个幸运儿,曾尽情享受欢悦!
即使让人享有了,欢悦也易于幻灭,
急遽有如清晓一珠珠银白的露液,
在骄阳金辉凌迫下,消失得不知不觉。
还未曾好好开始,便只得草草了结。
淑女的丽质荣名,托庇于主人肘腋,
未免防护欠周,难抵挡万般罪孽。

不需滔滔的辩才,不需娓娓的谈吐,
"美"本身自有权威,把睽睽众目说服;
那么,柯拉廷又何苦喋喋不休地申述,
在稠人广众之间,赞颂那无双宝物?
既然那稀世之珍,是他独占的财富,
就应该深藏不露,谨防觊觎的耳目,
为什么它的主公,偏将它广为传布?

他自夸艳福无比——做鲁克丽丝的主君,
也许,这恰恰怂恿了倨傲的王子塔昆;
人们邪念的萌动,往往导源于耳闻;
也许,由于这王子艳羡这异宝奇珍,

无情的对比刺痛了他那高傲的自尊——
品位较低的臣属,竟能够夸耀他们
享有他们的尊长也不曾享有的福分。

若不是这些缘由,必另有非分的念头
暗地里挑逗指使,促成这鲁莽步骤:
把他的显赫地位、荣誉、功业、亲友,
一股脑儿丢在脑后,只顾狂奔疾走,
为平息炽烈的情欲,急切地求索不休。
这轻狂欲念的热焰,会卷入悔恨的寒流,
过早的萌芽会凋萎,永没有长大的时候!

这王子来到城堡,来到柯拉廷邸宅,
受到那罗马贵妇殷勤优渥的接待;
只见她的面颊间,"美"与"德"互相比赛,
争辩着:她的声誉,是靠谁撑举起来;
当"德"自鸣得意,"美"就羞红了脸腮;
当"美"嫣然炫耀那一片绯红的霞彩,
"德"就轻蔑地涂染它,给它抹一层银白。

"美"以维纳斯的白鸽作为凭证和理由,①
说"德"占有的白色,应该归"美"所有;
对"美"占有的红颜,"德"也提出要求,
说红颜本来属于"德",由"德"亲手传授

---

① 维纳斯的车辇由两只鸽子牵挽,已见《维纳斯与阿都尼》第1190行。

给芳华盛放的少女,让两颊红白相糅,
让红颜充当金盾,当羞辱来犯的时候,
它就要挺身防守,把白色掩护在身后。

"德"的莹洁白色,"美"的浓艳红装,
在鲁克丽丝脸上,勾出瑰丽的纹章;
红颜、白色都争做两种颜色的女王,
为证明它们的权柄,追溯到远古洪荒。
争夺王位的雄心,使它们互不相让;
双方威力都强大,真个是旗鼓相当,
时而这一方占先,时而那一方居上。

塔昆仿佛瞧见了:百合与玫瑰的兵丁①
以她的秀颊为战场,进行着无声的战争;
这两支纯正队伍,围住他奸邪的眼睛;
在两军对垒之中,惟恐丢失了性命,
这卑怯败北的俘虏,向两军屈服投诚;②
它们发现擒获的是一个冒牌的谬种,
宁可将它放走,也不愿奏凯庆功。

这时他不禁想起:她丈夫的俗调凡腔,
虽盛赞她的美貌,其实是将她诬枉;
有如悭吝的浪子,难将这重任承当,

---

① "百合"代表白色,"玫瑰"代表红色。
② "俘虏",指"奸邪的眼睛"。

他那贫乏的口才,远不配将她颂扬。
对这丽质的礼赞,柯拉廷亏下的欠账,
心神眩惑的塔昆,用玄思遐想来补偿,①
他睁着惊奇的两眼,张口结舌地凝望。

这位人间的圣徒,受到这魔鬼崇奉,
对这伪善的朝拜者,不曾有些许疑心;
纯净无瑕的心灵,难得做一场噩梦,
没上过当的鸟雀,不惧怕诡秘幽林;
无邪的鲁克丽丝,安心接待了贵宾,
以殷勤和悦的风度,向王子表示欢迎;
他外貌温文有礼,看不出内心奸佞。

他用尊贵的身份,掩饰歹恶的心机,
将他卑劣的罪孽,藏入威严的外衣;
他不曾显露什么逾越礼法的形迹,
只除了有时眼睛里流露过多的惊奇;
眼睛已享有一切,仍未能餍足心意;
虽豪富却又似贫穷,贪欲永远无底,
攫取的已经太多,仍渴求更多东西。

但她从未遭遇过陌生人目光的窥伺,
从含情欲语的双眸,看不出任何暗示;

---

① 以上两行据普林斯(Prince)注释译出。

这一本奇异图书,书页边写有注释,①
而她却不曾领悟那幽微闪烁的奥旨;
她全未虑及钓钩,她从未触及诱饵;
她只见塔昆两眼,在天光白日中注视,
那轻狂目光的含意,她却茫然不知。②

他向她耳边述说:意大利这片沃土上,
她丈夫战功赫赫,博得了新的荣光;
他用谀词来赞美柯拉廷崇高的声望,
说他的勇武气概,更使他威名远扬,
头戴胜利的花冠,身披受创的戎装;
她听了,把手儿举起,表达内心的欢畅,
为他的这番成就,默默地祝谢上苍。

塔昆不动声色,隐藏起真实图谋,
信口胡诌了一篇前来造访的借口;
在他的晴朗天空里,始终也不曾闪露
预示风暴将临的阴霾滚滚的征候;
直到浓黑的夜晚——恐怖和惊惧的母后,
舒展晦冥的暗影,覆罩无垠的宇宙,
在穹隆为顶的狱里,把天光白日幽囚。

---

① 这里是把王子的脸比作"图书",把他的眼神比作页边的"注释"。《罗密欧与朱丽叶》第1幕第3场也用过同样的比喻。
② 以上两行据浦勒(Pooler)注释译出。

于是塔昆被引到供他安寝的处所,
自称身子困乏,精神也不复振作;
因为他晚餐以后,与鲁克丽丝对坐,
交谈了不短时光,不觉把夜晚消磨;
如今浓重的睡意,与生命精力相搏;
人人到这个时辰,都要上床安卧,
只有窃贼、忧虑者、骚乱的心灵醒着。

塔昆就属于这一伙,睡不着,心里嘀咕,
盘算着:要满足心愿,会遇到哪些险阻;
他明知希望微茫,不如抽身退步,
却还是断然决定:让心愿得到满足;
获利无望的时候,会更加惟利是图;
只要预期的犒赏是一宗名贵宝物,
哪怕有性命之忧,也全然置之不顾。

贪多务得的人们,痴迷地谋求取到
那尚未取到的种种,原有的却执掌不牢,
那已经取到的种种,便因此松脱、丢掉:①
他们贪求的愈多,他们占有的愈少;
或是占有的虽多,而由于填塞得过饱,
结果是痞积难消,反而备尝苦恼,
他们是假富真穷,成了破产的富豪。

---

① 以上三行据赫德森(Hudson)注释译出。

人人都希求荣誉、财富、安宁的晚景,
而为了赢得它们,要经历险阻重重,
有时为它们全体,丢弃其中的一种,
有时为其中一种,将全体丢弃一空;
鏖战时激情如火,为荣誉可舍生命;
为财富可舍荣誉;财富常招致纷争,
终于毁灭了一切,一切都丧失干净。

我们若肆意贪求,来满足某种希冀,
也就迷失了本性,不再是我们自己;
当我们资财丰裕,可憎的贪婪恶癖
偏叫人想到缺欠,把我们折磨不已;
这样,对已得的资财,我们置之不理;
只因少了点聪明,我们且取且弃,
通过不断的增殖,变成一贫如洗。

如今昏聩的塔昆,必得走这步险棋——
为成全他的淫欲,要断送他的荣誉;
为了满足他自己,必得毁弃他自己:
丧失了自信自尊,真诚又从何谈起?
既然他自戕其理智,甘愿在尔后时期
苦度愁惨的生涯,长遭世人的唾弃,
又怎能指望别人对待他不偏不倚?

夜深人静的时刻,已经悄悄来临,
困倦昏沉的睡意,合拢了众人眼睛;
没一颗可意的星儿,肯挂出它的明灯,

只有枭啼与狼嗥,预告死亡的凶讯——
枭与狼攫捕羔羊,正好趁这个时辰;
纯良温雅的意念,都已寂然入定,
淫欲和杀机却醒着,要污辱、屠戮生灵。

情焰正炽的王子,这时便一跃起床,
把他的那件披风,匆匆搭在胳臂上;
在邪欲与畏惧之间,昏昏然犹豫彷徨——
前者婉媚地煽惑,后者怕引起祸殃;
然而,朴实的畏惧,惑于情焰的魔障,
虽也曾再三再四劝主人抽身退让,
到头来终归败北,挡不住邪欲的癫狂。

塔昆在一块燧石上,轻轻敲击着宝剑,
让那冰冷的石头,爆出了火星点点,
这时他略不迟延,将一支蜡炬点燃,
让它像北极星那样,指引他淫邪的两眼;
对着闪烁的烛火,他从容果决地开言:
"这块冰冷的顽石,我逼它冒出火焰,
同样,对鲁克丽丝,我也要逼她就范。"

脸色因恐惧而苍白,他真真切切地预计
他这可憎的图谋将招致的种种危机;
在他纷乱的内心,他反反复复地猜疑,
盘算着:这桩恶行,会带来什么忧戚;
终于,以轻蔑的神情,他干干脆脆地鄙弃

这毫不足恃的依托——这随泄随消的淫欲,①
于是正直地钳制了这种不正直的心意:

"荧荧悦目的蜡炬,快收敛你的光芒,
莫让这光芒遮暗了那比你更亮的形象!
在犯罪以前消逝吧,亵渎神明的狂想!
莫让那完美圣物沾染上你的肮脏!
向那洁净的庙堂,献上洁净的仙香;
有什么行为玷污了爱情的雪白衣裳,
纯良正直的人们就该痛责其刁妄。

"给骑士身份贻羞,叫雪亮刀枪受辱!
使我地下的祖先,蒙受难堪的亵渎!
这侮慢神明的恶行,有无穷后患隐伏;
我横戈跃马的男儿,岂能做柔情的俘虏;
要具有真正的品德,才算得真正的勇武;
我若是胡作非为,这卑劣罪行的垢污
会留痕在我脸上,会刻入我的肌肤。

"是的,纵然我死了,丑名会继续留存,
成为我金质纹章上一块刺目的斑痕;②

---

① 此行据基特里奇(Kittredge)注释译出。
② 在古代欧洲,常授予贵族或绅士家族以世袭的"家族纹章"(也可译为"家徽"或"族徽"),上面画着图案或写着格言。骑士的纹章常绘于军服上。如果这一家族的重要成员有了不名誉的行为(例如,对妇女犯有暴行),就要在他们的家族纹章上增添一种特殊的记号。以示儆戒。下文"可憎的纹印"、"耻辱标记"即指此。负责设计、记录和解释各种纹章的官员,称为"纹章官"。

纹章官将要设计某种可憎的纹印，
表明我如何愚妄，又如何色令智昏；
因这一耻辱标记而含羞抱恨的子孙
会诅咒我的枯骨，也不怕'不孝'的罪名，
惟愿我——他们的先人，不曾在世上出生。

"就算我如愿以偿，又有什么能得到？
飞逝的欢情像幻梦，像空气，又像水泡！
谁肯以一星期悲悼，买来一分钟欢笑？
或为了一件玩意儿，把永生的灵魂卖掉？
谁肯把葡萄藤拆毁，只为了尝一颗甜葡萄？
有哪个痴愚的乞丐，会这样不知分晓——
为了摸一摸王冠，情愿被御杖击倒？

"柯拉廷若在睡梦中，梦见我此行的目的，
岂不会惶遽地醒来，怀着狂暴的愤激，
匆促地赶回城堡，制止这卑污主意，
制止这无端侵犯——对美满姻缘的袭击，
这伤害贤人的灾祸，这玷辱青春的污迹，
这绵延无尽的羞耻，这扼杀贞节的暴力，
这种千秋万世永遭谴责的罪戾？

"有朝一日你指控这桩污黑的罪孽，
我的口才编得出什么理由来辩解？
我的舌头会沉默，我的视力会消歇，
脆弱的骨节会震颤，欺诈的心房会流血！

罪行是这般严酷,恐惧却更为酷烈,
既无力迎敌作战,也无处奔逃退却,
像失魂丧胆的懦夫,战兢兢伫候毁灭。

"柯拉廷若是残杀过我家的父王或王孙,
或曾经埋伏截击,要谋害我的性命,
要么,如果他不是我的亲近的友人,
我凌犯他的妻子,总还算事出有因,
可说是冤冤相报,是他罪行的报应;
然而他偏偏却是我的密友和姻亲,
这凌辱就没有借口,这罪咎也没有止境。

"这是可耻的;——不过,这是说传扬了出去;
这是可恨的;——不对,爱与恨不能共居;
我定要向她求爱;——但她已身不由己;
最糟的遭遇也无非遭到她申斥和峻拒;
我意志坚不可摧,理智又岂能干预!
谁要是敬畏箴言,敬畏老人的警语,
瞧见了墙上画幅,他也会肃然悚惧。"①

在他乖戾的内心,掀起了一场争辩:
一边是凝冻的良知,一边是炽烈的情焰;
他自欺欺人地抛开了善良正直的心愿,
却怂恿猥劣邪思操执优胜的左券;

---

① "画幅"是一种挂在墙上的装饰品,常绘有人物肖像并写有道德格言。

这邪思立即戕害了一切纯良的意念,
获得了长足进展,淆乱了美恶界限,
使卑污恣肆的行径,俨然像至善至贤。

他说:"她和颜悦色,轻轻握住我的手,
凝视我痴迷的两眼,想从中探问情由,
惟恐我会有什么不祥音讯说出口,
因为她挚爱的柯拉廷正在前方战斗。
红云涌上她腮颊,当恐惧涌上心头!
酡红如玫瑰两朵,偶在素绢上勾留;
而后又皓白如素绢,玫瑰已被携走。

"我的手紧握她的手,两只手绞在一起,
她的因惊恐而抖动,我的也跟着颤栗;
这叫她更加疑惧,手儿也抖得更急,
直到她确切听到了丈夫平安的信息,
她这才开颜一笑,更显得娇媚无比;
要是那耳喀索斯瞧见她亭亭玉立,
他就决不会顾影自怜,投身水底。①

"那么,我还用寻求什么借口或伪装?
一旦'美'现身说法,说客都不再开腔;
可怜虫才为可怜的过失而自悔孟浪,
心灵若顾虑重重,爱苗就难于生长;

---

① 那耳喀索斯,见第11页注①。

爱情是我的指挥官,他给我指引方向;
只要他明艳的旌旗赫然招展在前方,
胆小鬼也会奋战,而不会惊惶沮丧。①

"滚开吧,幼稚的恐惧!终止吧,卑琐的盘算!
让理智和礼法去陪伴满面皱纹的老汉!
我的心永远不会违拗我眼睛的决断,
周详的思考和斟酌仅仅适宜于圣贤;
我是个年轻角色,那一套都与我无缘;
我的向导是情欲,我的目标是红颜;
只要那边有珍宝,谁害怕沉船遇险?"

正好比稀稀禾苗,被萋萋恶草掩蔽,
审慎的顾虑几乎被猖狂欲念窒息。
他竖起耳朵倾听,偷偷举步前移,
满怀无耻的希冀,满腹无聊的猜疑;
希冀、猜疑仿佛是恶人的两名仆役,
让他们相忤的主张交错于他的脑际,
使他一会儿想收兵,一会儿又想进袭。

潜思中,他恍惚瞥见她天仙一般的形象,
还恍惚瞥见柯拉廷,也与她同在那厢;
向她望着的那只眼,搅得他心神迷惘;

---

① 柏拉图说:"最差劲的懦夫受到爱神的鼓舞,也会表现出男人天赋的勇敢。"

向他望着的那只眼,却较为虔敬忠良,
不肯屈从于这种背信弃义的意向,
发出纯真的呼吁,求心灵作出主张;
但心灵既经腐蚀,竟投向恶的一方。

这种景况激发了他浑身卑劣的精力,
见心灵欣然赞许,精力便昂然得势,
涨满了他的情欲,像分秒填满了小时;
追随着统帅——心灵,精力也踌躇满志,
还向心灵献上了过多的谄佞颂词。
听任奸邪欲念如此癫狂地指使,
罗马王子便直趋鲁克丽丝的卧室。

在她的居室与他的欲望之间的铁锁,
被他用强力胁迫,一把一把都松脱;
但它们开启的时候,都将这暴行叱责,
促使这潜行的窃贼有些顾忌和忐忑;
门槛把门扇磨响,想叫他被人听得;
夜间游荡的鼬鼠,觑见他,尖声叫着,
这些都令他惊惧,但他仍寻求不舍。

一扇一扇的门儿,没奈何给他让道;
一股一股的风儿,穿过缝隙和孔窍,
向他的炬火袭击,将他的行动阻挠,
还对准他的面庞,吹去了乌烟袅袅,
终于吹熄了蜡炬——他赖以前进的向导;

81

但他滚烫的心胸,已经被欲火烤焦,
喷出了另一股热风,又将那蜡炬点着。

炬火重放光明,他借这亮光辨认
鲁克丽丝的手套(其中插着一枚针);
他从灯心草上面,把手套拾起、握紧,①
猝然间疼痛连心,手指被针尖刺进;
针儿仿佛在警告:"这手套从未惯经
这种淫邪的丑事,快快退步抽身!
你瞧,我们主母的衣饰也这样坚贞。"

但这些无力的阻碍,都无法将他羁绊;
他以恶人的歪理,来解释这些事件:
门扉、夜风、手套,一路上将他阻拦,
他都看成不过是一些意外的考验;
好似钟面的刻度,牵制着时钟的运转,②
运转得慢慢悠悠,把他的行动延缓,
让每分每秒都把分内的差事干完。

"这样看来,"他说,"这些梗阻的出现,
正如料峭的余寒有时袭扰春天,
好让此后的韶光格外惹人眷恋,
好让冻缩的鸟雀有理由唱得更欢。

---

① 在室内铺洒灯心草(作用略如后来的地毯),是伊丽莎白时代英国人的习惯,古罗马人并不如此。
② 据普林斯注释,"刻度"是指刻在钟面上把一小时划分为六十分的标记。

经受过磨难的好事,会显得分外甘甜;
遍历巨岩、烈风、悍盗、沙碛和礁险,
商贾才能腰缠万贯,回转家园。"

如今他步步逼近了那间卧室的门户,
紧闭的门扉隔开了他心驰神往的乐土;
除了那脆弱门闩,那儿再别无他物
阻挡他前去接近他奋力以求的艳福。
逆天背理的邪念,搅得他神志糊涂:
为了攫捕那猎物,他开始切切祷祝,
俨如上天会赞助他这罪恶的意图。

在他那徒劳无益的喃喃祈祷的中途,
业已向永恒的神明卑词乞求佑助:
让他猥鄙的心愿到时候得以餍足,
让那贞淑的美人儿到时候由他摆布;
他蓦地惊起,说道:"我这是要让她受辱,
我所祈求的神明,对这事只有憎恶,
那么,他们又怎会在暗中将我呵护?

"那就让'爱情'和'幸运'当我的向导、我的神!
我有坚毅的决心,作我意图的后盾;
心愿未付诸实施,就只不过是幻梦,
罪孽不管多污浊,宽宥能将它洗清;
一遇爱情的火焰,畏怯的霜雪就消融。

上苍的眼睛隐匿了,让这冥蒙的夜影①
　　把欢情带来的羞耻掩蔽得一干二净。"

　　塔昆说到这里,用手把门闩一拽,
　　再用膝头一顶,那扇门立即敞开。
　　鸽子悠然安睡,夜枭要将它擒逮;
　　奸贼未被发觉,奸谋正进行无碍。
　　人们若瞧见毒蛇,闪避得惟恐不快;
　　而她,睡梦沉酣,不曾料想到祸害,
　　毫无戒备,听凭那致命的毒针刺来。

　　他进入她的卧室,蹑手蹑脚地走路,
　　眈眈的目光投向她洁白无瑕的床褥;
　　却只见帐幔四垂,将卧榻严实围护,
　　他绕床踱来踱去,转动着贪婪的眼珠;
　　眼珠逗刁弄鬼,把心灵诱入歧途,
　　心灵迅即向手臂传递无声的暗语,
　　吩咐它快去曳开遮掩皓月的云雾。

　　看呵,宛如明艳的红日涌出云霓,
　　闪闪刺目的金辉,眩惑了我们视力;
　　那帐幔一经拽开,他两眼不禁眯起,
　　比旭日更亮的光华,将他的目力凌逼;
　　不知究竟是震慑于她那耀眼的妍丽,

---

① "上苍的眼睛"即太阳。

还是有羞赧之情蓦现于他的心底,
他两眼一片昏朦,只得继续紧闭。

若是塔昆的两眼在这黑牢中死去,①
那么,它们的罪孽总算有了个结局!
那么,柯拉廷仍会与鲁克丽丝欢聚,
在这洁净卧榻上,憩息他困倦的身躯。
但它们必得睁开,来毁灭这双爱侣;
在它们凶光之下,这位圣洁的贞女
必得断送掉生命、福祉、人世的欢愉。

百合般纤手垫在玫瑰色腮颊下边,
枕头想吻这腮颊,被阻隔,不能如愿;
它不禁恼怒起来,仿佛要裂成两段,
两端都勃然隆起,只恨错过了良缘;②
她头颈悄然埋在枕头的双峰之间;
像一尊贞洁石像,这淑女倚榻而眠,
让他那淫亵目光尽情赞美艳羡。

她的另一只纤手,在床边静静低垂,
映衬着淡绿床单,更显得白净娇美,
像四月雏菊一朵,在草原吐露芳菲,
手上的点点汗珠,像夜晚花间的露水。

---

① "黑牢"指上节诗中所说的闭目不见物的状态。
② 此行据赫德森注释译出。

她两眼犹如金盏草,已经收敛了灵辉,①
正在陶然安息,隐形于长夜的幽晦,
要等黎明再睁开,好把白天来点缀。

她秀发宛如金丝,伴随呼吸而颤动:
说是放纵却端庄,说是端庄偏放纵!
以这幅死的图像来展现生的优胜,②
而又以生的定限来揭示死的阴影;
生与死在她睡眠中,各自将对方修整,
仿佛它们之间从来就没有纷争,
而是生寓居于死,死也寓居于生。

她的双乳宛如蓝纹纵横的象牙球,
那是不受拘管的两座贞洁宇宙;
除了亲爱的主君,对谁也不肯屈就,
只对他忠贞敬奉,将誓约始终恪守。
这宇宙在塔昆心底诱发了新的奸谋:
他像个贪鄙篡贼,立即着手谋求
把在位主君逐出,把宝座据为己有。

除了他全神注意的,他还能瞧见什么?
他又会注意什么,除了他所欲攫夺?
他两眼眈眈凝视,他一心恋恋不舍;

---

① 金盏草的黄色花朵到日落时就闭合。
② "死的图像",指睡眠。

恣意饱看的两眼,竟看得过饱过多。
比爱慕更为炽烈,他销魂摄魄地贪恋着
她那玉石般肌肤,她那淡青色筋络,
红似珊瑚的唇吻,雪白含涡的下颏。

有如凶狠的雄狮,抚弄着它的猎物,
饥渴的贪欲已在征服中得到餍足:
俯临沉睡的贞女,塔昆停下来踌躇,
凝神注视了一阵,欲念已渐趋驯服;
但只是一时弛缓,而不是真个平伏;
他的眼,在她身边,虽曾将暴行约束,
却嗾使他的血脉,向更大骚乱奔赴。

他的血脉,像沿途掳掠的散兵游勇,
心如铁石,一味贪求残暴的武功,
耽于屠戮和奸淫,动不动伤生害命,
对孩子的嚎哭、母亲的哀告无动于衷,
骄纵得不可一世,时时企望着进攻;
他那狂跳的心脏,此刻便敲响洪钟,
发出急切的训令,叫血脉随意行动。

他那擂击的心脏,激励了焦灼的眼睛,
他的眼睛便委任他的手充当统领;
得了这美差高位,他的手得意忘形,
热腾腾气焰熏天,雄赳赳向前挺进,
停留在袒露的胸脯——她全部领土的中心;

他的手一触及那儿,蓝色脉管便隐遁,
撇下那一双圆塔:苍白,惨淡,凄清。

仓皇隐遁的血液,汇聚到幽静内殿①
(它们亲爱的主母兀自憩息在里面),
乱纷纷大呼小叫,惊扰了她的酣眠,
禀告她:她已遭围困,面临可怖的凌犯;
她不禁魂悸魄动,睁开锁闭的两眼,
慌忙向外界窥探,看到这扰攘的事端,
被那明晃晃炬火,照射得眼花缭乱。

试想若有什么人,正值更深夜静,
蓦地被骇人的幻象,从昏昏沉睡中惊醒,
还以为自己瞥见了什么可怕的幽灵,
它那狞恶的状貌,叫浑身骨节都颤动——
这是何等的恐怖!她比这更加震恐:
刚刚被唤出梦乡,又目击噩梦般情景,
这使臆想的虚惊,变成身历的实境。

受到千百种恐惧重重围裹和困扰,
她躺在那儿颤栗,像刚被杀伤的小鸟;
不敢睁目而视,闭着眼,也恍如看到
倏忽变换的怪影,各种丑恶的形貌;
这幢幢魅影原是她疲弱脑膜所幻造:

---

① "内殿"指心房。

脑膜嗔怪两眼从光明向黑暗潜逃,
就用更可怖的景象,在黑暗中将它们吓倒。

塔昆的那只手掌,还在她胸前逗留着,
好像唐突的撞槌,要把这象牙墙撞破;①
察觉那可怜的市民——她的心,遭受窘迫,
自己将自己斫伤,猛然腾跃又跌落,
擂击着她的胸膛,他的手也跟着哆嗦。
他情欲愈益昂扬,怜恤却愈益减弱,
力求打开突破口,进入这迷人的城郭。

这时,塔昆的舌头,像喇叭传达号令,
向他惊惶的对手,奏响了谈判的号声;
她从洁白的衾褥间,露出更白的领颈,
对这狂暴的侵扰,急于要探问原因;
他用沉默的举止,已向她表明究竟;
但她,热切祈祷着,仍然固请他说明
他凭着什么借口,做出这样的恶行。

于是,塔昆回答:"你娇红嫩白的姿容
(时而使百合苍白失色,满腔羞愤,
时而使玫瑰自惭形秽,满面通红)
一定会为我答辩,会申述我的爱情;

---

① "撞槌",一端装有铁头的巨大圆木,是古代战争中用来撞破城墙的工具,也叫"破城槌"。

就凭着这种借口,我现在要来攀登
你未经征服的堡垒;责任该由你担承:
全怪你那双媚眼,煽惑了我这双眼睛。

"若是你想斥责我,我已经先发制人:
是你诱人的美貌,陷你于今宵的困境;
我定要从你身上,畅享人世的欢情,
我定要竭尽全力,让这桩美事成功;
对我的这番意愿,你只有屈意顺从;
纵令理性与良知,能将这意愿葬送,
你光彩照人的秀色,又使它重获新生。

"我看出我这种行径会带来什么烦忧;
我知道鲜艳玫瑰有怎样的尖刺扎手;
我懂得芳甜蜂蜜由蜇人的毒针防守——
深思熟虑的心胸,早已把这些想透。
但'意愿'是个聋子,听不进益友的良谋;
他生就一只独眼,专门向美色凝眸,
迷恋于他的所见,置国法天职于脑后。

"我内心也曾揣想:这种丧德的行径
会惹出什么祸害,什么羞辱和不幸;
但没有任何力量,能控制奔突的激情,
能遏止炎炎情焰心急火燎的行动。
我明知随之而来的,是痛悔,是涕泪淋淋,
是诟责、轻侮、鄙弃,是不共戴天的仇恨,

但我仍奋力以赴,去承接我的恶名。"

塔昆说完了这些,把宝剑高高摇晃,
有如凶猛的猎鹰,在长空盘绕回翔,
它那双翅膀的黑影,叫鸟雀魂飞胆丧,
钩曲的利喙威吓着:动一动就会死亡;
就在这咄咄逼人的雪亮剑锋下方,
偃卧着鲁克丽丝,战战兢兢,听他讲,
好像慑服的鸟雀,听着猎鹰的铃铛。

"鲁克丽丝呵,"他说,"今宵我定要占有你,
你若是坚拒不从,我就要凭恃暴力,
要在你床上摧残你,送你一命归西,
然后再杀掉你家的某一个下贱奴隶,
毁灭你生命的同时,也毁灭你的声誉:
我特意将他安放在你那僵硬的双臂里,
赌咒说看见你拥抱他,我这才将他击毙。

"你那健在的丈夫,将在你丧生以后,
被睽睽万目轻藐,受嚣嚣众口辱诟;
你的亲人和姻眷,因无脸见人而低头,
你的儿孙被抹上'无姓野种'的污垢;
而你——他们这一切耻辱的罪魁祸首,
你这种淫邪丑事,会给人编成顺口溜,
在今后悠长岁月里,让顽童传唱不休。

"你若能降心相从,我与你暗中交友:
无人知晓的过失,等于未实施的念头;
只要是寥寥折损,能换来累累丰收,
就仍会得到认可,说这是可取的权谋。
含毒的单味药草,与其他药草相糅,
合成纯正的药剂,给病人服用的时候,
原有的致命毒素,实际就化为乌有。

"那么,为了你丈夫,为了你子孙后裔,
答应我的恳求吧,切莫让他们承继
千方百计也不能替他们洗雪的羞耻,
千年万载也不会被人们淡忘的污迹——
比奴隶烙印还刺眼,比天生瘢痕还晦气:
因为在呱呱坠地时,就赫然在目的胎记
只能归咎于造化,不能归咎于自己。"

这时,他抖擞精神,把这番言词结束,
瞪着毒龙一般致人死命的眼珠;①
这时,鲁克丽丝,纯良虔敬而诚笃,
宛如苍鹰利爪下一只纯白的母鹿,
在无天无法的荒原,正向那鸷鸟哀诉;
那暴戾鸷鸟不知温情公理为何物,
除了腥秽的贪欲,对什么都不信服。

---

① "毒龙"(cockatrice),传说中的一种妖蛇,人被它看上一眼就会死去。

当一团挟雨的乌云,恫吓着大地山川,
一片冥蒙的迷雾,遮没了耸峙的峰峦,
仿佛从地下生出来,有清风蓦然出现,
把满天黑雾阴云驱赶得东离西散,
也就及时遏止了即将倾泻的雨点;
就这样,她的言语,推延了他的凌犯,①
俄尔甫斯一奏琴,愠怒的普路同就闭眼。②

像夜出猎食的恶猫,将猎物狎侮戏弄,
在它攥紧的脚爪里,那弱鼠喘息不定;
这淑女惨痛的神情,更使他急于一逞,
邪欲似无底深潭,贪求没个止境;
尽管塔昆的耳朵听见了她的恳请,
他的心房却不肯为她的哀告开门;
雨水能软化顽石,泪水却硬化了淫心。

她那求怜的两眼,悲悲切切地紧盯
塔昆脸上那一副颦眉蹙额的神情;
她那恭谨的谈吐,与声声叹息糅混,
使她温雅的辞令更显得委婉动人。

---

① 此行据普林斯注释译出。
② 据希腊神话,普路同(即哈得斯)是冥国之王。俄尔甫斯是诗人和音乐家,能以琴声驯服猛兽,感动木石。他新婚的妻子被毒蛇咬死,他追至冥国,以琴声感动了冥王普路同及其僚属,他们允许他带领妻子回转人间,但在越过冥国边界之前不准他回头看她。他在途中终于情不自禁地回顾,于是她又被捉回冥国。

她的话时断时续,不该停顿也停顿,
有时才说了半句,就哑然不再出声,
可怜她两次开口,一次也没有说成。

她凭着崇高而万能的乔武向他吁请,
凭着友谊的誓言,贵族和骑士的名分,
凭她不应流的眼泪,凭丈夫对她的爱情,
凭神圣的伦常准则,公认的忠良品性,
还凭着皇天后土,和天上地下的神灵,
吁请他快快离开,返回原处去安寝,
屈从于高洁的荣誉,莫屈从秽亵的淫心。

"对我给你的款待,"她说,"你千万不能
偿付你意欲偿付的那种污黑的酬金;
供你饮用的清泉,不要把泥沙抛进;
无法修复的器物,不要轻易去毁损。
趁你还不曾发射,停止你凶恶的瞄准:
谁要是弯弓搭箭,谋害驯鹿的性命,
他就决不能算是一个合格的猎人。

"我丈夫是你朋友,为了他,请将我宽免;
你是个尊贵人物,为了你,请离开我身边;
我是个无力的弱者,请不要将我坑陷;
你看去不像个骗子,请不要将我哄骗;
我的叹息像旋风,要把你吹得老远。
只要男子也会为女子的哀告而垂怜,

那就垂怜吧,为我的眼泪、呜咽和悲叹。

"眼泪、呜咽和悲叹,有如翻滚的海浪,
猛扑你威慑航船的礁石一般的心肠;
通过这持续的冲击,想叫它变得温良:
顽石一朝溶解了,也会涣化为水浆。
只要你这副心肠不比顽石更顽强,
就溶于我的泪水吧,显示出恻隐慈祥;
温婉怜恤来叩门,坚厚铁门也开放。

"看你像塔昆的模样,我将你款待安置;
莫非你是个假扮的,特来贻他以羞耻?
对天上日月星辰,我控告你的举止:
你毁了他的荣名,败坏了帝王姓氏。
尽管像,你并不是他;而倘若当真竟是,
尽管是,你却不像他——一位神灵和王子;
帝王与神灵相仿,能够将一切辖制。

"你的盛年还未到,罪孽就已经萌芽,
等你年龄增长了,耻辱也成熟长大!
如今你还是储君,就胆敢肆意欺压,
一旦你登了王位,干坏事更加不怕!
请务必牢记在心:臣民的不公不法
从没有一宗一件,可妄图一笔抹杀;
那么君王的恶行,更休想埋藏于地下。

"这暴行使你的臣民,只因怕你才爱你;
臣民因爱他才怕他的,才是有福的皇帝。
你只好格外宽容作奸犯科的臣吏,
因为他们能证实:你犯有同样的罪戾。
只为了顾虑这一条,你也该回心转意;
尊贵的君王好比明镜、学校和书籍,
臣民的眼睛要来照看、研读与学习。

"你可愿当一所学校,让'淫欲'来当学生,
让他在你的课堂里,研习这可耻的课程?
你可愿当一面明镜,让'淫欲'前来照影,
照见施暴的理由,照见犯罪的权柄,
让他用你的名义,来宽纵丑事秽行?
你袒护遗臭的污辱,抵制流芳的赞颂,
要把清白的美誉变成淫贱的恶名。

"你有权下令么?凭着那授权于你的权威,①
命令你狂悖的意图,从纯洁的心灵引退!
不要拔出你的剑,来卫护淫邪之罪;
这剑授予你正为了诛灭罪恶的族类。
以你的妄行为先例,龌龊的罪人会推诿,
说他是学来犯罪的,方法是由你教会,
那样,你怎能履行王子的职责而无愧?

---

① "授权于你的权威",指神。古代西方和东方都有"君权神授"之说。

"若是另外一个人,做出你此刻的暴行,
你大概不难看出:那形象多么可憎。
对于自身的过失,人们却看不分明;
自身若为非作歹,就只想掩盖、撇清;
若是别人干的呢,那就是该死的罪名。
那些犯下了罪孽,却不肯认账的人们
终归逃不脱责辱,被恶名紧紧缠身!

"向你,我举起双手;向你,我恳切进言;
(那诱人为恶的欲魔,我绝不向他请愿;)
我求你重新迎回那遭受贬逐的尊严,
我求你断然斥退那巧言煽惑的恶念;
你让尊严复了位,就能将邪欲拘管,
拭净障目的阴翳,揉醒痴迷的两眼,
好看清你的境遇,对我的境遇垂怜。"

"别说下去了,"他说,"我这奔涌的怒潮
未因阻滞而消退,相反,却涨得更高。
爝火顷刻便熄灭,烈焰不息地燃烧,
随着风力的吹煽,火势越来越狂暴。
一道道细小溪流,载运着淡水迅跑,
每天送一份贡礼给万顷咸涩的海涛,
只增加大海的容量,变不了它的味道。"

"你是大海,"她说,"你是尊贵的君王;
看呵:玷辱,侮蔑,妄行,黑心的欲望,

一齐注入了你那无边无际的汪洋,
要把你血液之海污染得又臭又脏。
你若让这些秽德偷换了你的天良,
你的大海就会在混浊泥潭里埋葬,
而不是泥潭消散在你的大海中央。

"那就是贱奴当主子,你当他们的贱奴;
他们卑下却尊荣,你虽尊贵却卑污;
你是他们的活路,他们是你的死路;
他们为你而招怨,你为他们而受辱;
蕞尔小物又岂能遮挡住庞然大物;
挺拔的青杉不会俯首于卑微的灌木,
而是低矮的灌木在青杉脚下凋枯。

"把你的贱奴斥退——把你的邪念驱遣……"
"住口吧,"他说,"我发誓,决不再听你一言;
顺从我的情欲吧;否则,激起的仇怨
会取代温存的爱抚,把你撕裂成碎片;
这桩事干完以后,我还要满怀恶念,
把你拖到某一个下贱侍仆的床边,
在这可耻的结局里,让他当你的伙伴。"

塔昆说完了这些,伸脚把炬火踩熄,
因为光明与邪欲是势不两立的仇敌;
丑事藏在黑夜里,黑夜将万物隐蔽,
愈是黑得看不见,愈有人肆行暴戾。

恶狼将猎物攫捕,不幸的羔羊悲泣,
直到自己的绒毛窒碍了自己的声息,
在它的柔嫩双唇里,埋葬了惨痛哀啼。

塔昆用鲁克丽丝夜间穿着的衣裳
紧紧堵住她的嘴,阻遏了凄惨的叫嚷;
世上最纯洁的泪水,冲出最贞淑的眼眶,
把塔昆灼热的面孔,一下子冲得冰凉。
刁顽的邪欲竟污染了如此洁净的卧床!
要是哭泣真能够洗干净这种肮脏,
她的泪泉一定会不断向污痕冲荡。

这一次她所失去的,比生命更为贵重;
这一回他所得到的,转眼便消失无踪;
这一番强迫结合,招致了更大纷争;
这一刻短暂欢娱,孕育了悠长苦痛;
这一腔火热情爱,凝冻为冰冷嫌憎。
纯净贞德的宝库,被盗贼劫掠一空,
而那个盗贼——淫欲,倒比掠夺前更穷。

正像猎犬喂足了,嗅觉便懈怠不灵,
或是猎鹰吃饱了,再不想快速飞腾;
见猎物便紧追不舍,原是它们的天性,
如今却只肯慢慢追,或干脆放它逃命。
这一夜纵欲的塔昆,也正是这般情景:
本来是可口美味,咽下去,酸得不行;

靠吞噬为生的欲念,竟也被吞噬干净。

比幽冥无底的玄思更为深沉的罪戾!
"邪念"像一个酒鬼,已喝得烂醉如泥,
他先要尽情呕吐,吐出他吞咽的东西,
才能将自己的丑态,看一个明白仔细。
当情欲大发淫威,谁呼叱它也不理,
压不下它的热度,管不住它的脾气,
它就像劣马逞能,自己累垮了自己。

无精打采的"邪念",已变得卑怯颓唐,
一张脸枯瘦失色,一双眼迟滞无光,
两道眉含愁深锁,两条腿疲软摇晃,
像身无分文的乞丐,为穷途困境嗟伤。①
当肉欲跋扈自雄,"邪念"与"美德"对抗,
曾一味贪欢作乐,到如今欢乐消亡,
这自觉有罪的逆贼,就为了免罪而祈禳。

犯罪的罗马王子,处境正与此仿佛,
他曾那样狂热地谋求今宵的艳福;
如今他自己宣告,将自己论罪惩处,
判定他从今以后,永遭世人的贬黜;
他的灵魂之神庙,已经被摧毁拆除,
在它的残败废墟上,有"忧虑"成群聚族,

---

① 以上几行都是将"邪念"拟人化。

叩问那蒙污的神主:她目前境况何如?①

她说:乱臣贼子们,胆敢倒戈叛逆,②
捣毁了神庙墙垣,把圣殿夷为平地;
这些逆贼犯下了万恶滔天的罪戾,
制伏她不朽的威灵,让她沦为奴婢,
过着地狱般生活,忍受无穷的苦役;
对这些,她早有预见,早已洞察无遗,
但遏止他们的奸谋,她却无能为力。

塔昆揣想着这些,趁黑夜悄然逃遁:
战胜之际却被俘,赢利同时又亏本;
他好比受了重伤,那难以愈合的残损
日后纵然平复了,疮痍会永久留存;
撇下受害的贞女,陷入更深的悲辛。
她所承载的苦难,是他肉欲的蹂躏,
他所承载的却是:自觉有罪的心魂。

他像条偷食的贼狗,灰溜溜从那儿爬走;
她像只困惫的羔羊,偃卧着气喘咻咻;
他憎恶自己的罪咎,气冲冲皱起了眉头;
她陷入绝望的悲愤,用指甲撕裂着皮肉;
他失魂落魄地逃开,因畏罪而汗水直流;

---

① "蒙污的神主"和"她",都是指"他的灵魂"。
② "乱臣贼子",指塔昆的秽德邪欲。

她还在房中困守,将可怖的夜晚诅咒;
他正在路上狂奔,将已逝的欢情詈诟。

他已离开了城堡,受着悔恨的折磨;
她还停留在原处,尝着绝望的苦果;
他正在匆匆赶路,企望天边的曙色;
她却在切切祈求:永莫见阳光照射;
"怕的是白天,"她说,"把黑夜隐情揭破;
而我真诚的两眼,从来也不曾学过
怎样用巧诈神情,掩饰自身的罪恶。

"我的两眼总想着:白天,所有的眼珠
对我的这桩丑事,都看得清清楚楚;
因此两眼就情愿留在黑夜中久住,
让无人窥见的罪行,不致向外间传布;
两眼只要一哭泣,就会将罪行披露,
奔流的泪水犹如腐蚀钢铁的药物,①
会在我颊上刻出无计消除的羞辱。"

如今她高声斥责夜间的安息与宁静,
还吩咐她的两眼此后再莫见光明。
她愤然捶击胸膛,把她的心儿震醒,
叫它从那厢跃出,赶快另外去找寻
一个纯净的胸腔,装下这纯净的心灵。

---

① "腐蚀钢铁的药物",指硝镪水之类。

因怆痛而神志狂乱,她这般絮絮不停,
向阴森诡秘的黑夜,倾吐着满腔怨恨:

"黑夜呵,地狱的图样!你谋害安宁幸福!
你给可羞的凌辱充当证人和记录!
你那漆黑的舞台上,专演悲剧和杀戮!
窝藏万恶的深渊!哺育罪孽的乳母!
蒙头瞎眼的娼寮主!丑事秽行的藏身处!
死神的狰狞洞府!鬼祟的叛逆和淫污
都与你窃窃密谋,都与你串通一路!

"烟雾迷蒙的夜呵,你多么惹人憎恨!
我无可补救的罪愆,既然你难辞责任,
你就该聚拢雾霭,去抵挡东方的黎明,
就该去抗击'时间'循规照例的行程!
倘若你容许骄阳登上他常登的高空,
你也该趁他还不曾回到西方的寝宫,
编织些惨毒阴云,缠绕他金黄头顶。

"要趁他尚未登临午时的顶点之际,
散布污浊的烟瘴,败坏晨间的空气;
让这片浓雾迷氛喷吐出致病的气息,
戕害纯洁的生命,腐蚀明艳的晨曦;
让霉臭熏天的潮雾,黑腾腾越聚越密,
直逼得红日的光华,闷闭于烟霭迷阵里,
在亭午时分就熄灭,带来永恒的长夕。

"如果塔昆就是夜(他本是夜的嫡传),
那洒泻银辉的月后,就难免被他污染;
她那些晶莹侍女,会同样遭他奸骗,
再不肯从夜的胸窝,向外界眨眼窥探;
那么,我在苦刑中,总算找到了伙伴:
患难之中的交谊,能够使患难舒缓,
正如朝圣者闲谈,使漫漫长途缩短。

"这边却没有别人,陪着我,满脸羞愧,
把臂膊凄然抱起,让头颈黯然低垂,
藏匿她们的容颜,遮掩她们的污秽;
只有我,孤孤单单,枯坐着,身心俱瘁,
以银色盐浆的阵雨,给大地添些儿咸味,
把叹息搀入伤恸,给言谈拌上泪水,
叹息和泪水会消散,心灵却永久含悲。

"夜呵,你这座洪炉,有浓烟臭气蒸腾;
不要让多疑的白昼瞥见我这张面孔;
这面孔在你漆黑的、遮没一切的斗篷中
忍辱含垢地躲藏着,熬受折磨和苦痛!
对你昏暗的领地,你仍要继续管领,
让那些在你辖治下孳生的丑事邪行
得以同样隐秘地葬入你幽冥暗影。

"请不要让我面临那揭发阴私的白日!

白日的明辉会朗照我额间铭记的故事——
它述说完美的贞德怎样凋残枯死,
述说我怎样背弃了神圣的婚姻盟誓;
不读诗书的文盲,不晓得如何辨识
那些堂皇典籍上那些高深的文字,
却能在我的容颜中,看出我可憎的过失。

"保姆要孩子安静,就会讲我的事情,
还会用塔昆的名字,恐吓啼哭的幼童;
能言善辩的演说家,为了使言辞生动,
会斥责塔昆的劣迹,也指摘我的污名;
为饮宴助兴的乐师,会弹唱我的丑闻,
吸引满座的听众,把每句歌词细听,
听塔昆怎样折辱我,我怎样折辱柯拉廷。

"让我完美的令名——那浑噩无知的声誉,
看在柯拉廷分上,能免于遭受玷污;
我的名节若成了磨牙嚼舌的题目,
会株连另一株树干,害得它枝叶凋枯——
柯拉廷就会蒙受他不该蒙受的羞辱;
在我的这桩丑事里,他全然清白无辜,
正如我在此之前,对他也无比贞淑。

"瞧不见的奇耻大辱!看不出的名节败坏!
有损门风的隐伤!不感疼痛的暗害!
柯拉廷脸上已经打上了印记一块,

105

表明他和平时负伤,而非作战时挂彩;
塔昆能看到这印记,哪怕在百里以外。
可叹多少人遭受了这样的无妄之灾,
自己还茫然不晓,惟有那肇祸者明白!

"你的荣誉,柯拉廷,若寄存在我身上,
那么,它已因遭受凶猛侵犯而沦亡。
我这雌蜂失了蜜,变得像雄蜂一样,①
夏日的丰盈贮藏,已经是空空荡荡,
被那害人的盗贼,攘夺搜刮个精光:
一只乱窜的胡蜂,潜入你脆弱的蜂房,
吸尽了忠贞雌蜂为你守护的蜜糖。

"对你荣誉的破灭,我也负有罪责;
我为了你的荣誉,不能不以礼待客:
他既然从你那儿来,我对他怠慢不得,
倘若我不肯留他,就会犯失礼的过错;
况且他还曾诉苦,说已经神疲力弱;
他还谈论到美德——意想不到的罪过!
这个淫秽的恶魔,居然敢妄谈美德!

"为什么有害的蛀虫要凌犯纯贞蓓蕾?

---

① 雄蜂不采蜜。

为什么可憎的杜鹃孵化在麻雀巢内?①
为什么蟾蜍用毒泥污染清冽的泉水?
为什么温雅胸怀要埋藏暴戾邪罪?
为什么帝王要违犯自己定出的法规?
原没有任何样板百分之百地纯粹,
不曾让半点杂质损害过它的完美。

"那位把金银财宝装入箱柜的老汉,
受不了阵阵抽搐、痛风、突发的痉挛;
对他贮存的宝藏,已难再看上几眼,
与坦塔罗斯相似,闷坐着,憔悴不堪,②
把他心血的结晶,枉费气力来积攒:
从这些丰饶财物,得不到半点慰安,
只为财宝治不好他的病痛而悲叹。

"这样,他拥有财富,却无福享用一番,
到头来只好撒下,留给小辈来接管;
小辈们年轻气盛,不久便通通挥霍完;
父亲由于太衰弱,儿子由于太强健,
都不能长期保有这亦福亦祸的财产。
恰恰就在我们得到甜食的瞬间,

---

① 杜鹃自己不营巢,产卵于麻雀、黄莺等多种小鸟的巢中,由巢主孵化,雏鸟出壳后,将巢主雏鸟推出巢外而独受哺育。所以我国古人说杜鹃是"生子他巢,饲雏百鸟"。郭沫若说:"杜鹃实在是一种霸道的鸟,并不美,在中国真有点欺世盗名。"
② 坦塔罗斯见第32页注①。

我们盼望的甜食,变成了又苦又酸。

"弱不禁风的嫩枝,偏遇上雨暴风狂;
恶草与珍异奇葩,厮缠着根须生长;
娇鸟啼啭的地方,有毒蛇咝咝作响;
美德哺育的一切,被罪孽大口吃光。
想占有美好事物,那只是我们的妄想:
'机缘'常带来恶果,把美好事物毁伤,
或使它中途夭折,或使它完全改样。

"机缘呵!你的罪过,也算得十分深重:
奸贼的叛逆阴谋,有了你才能得逞;
是你把豺狼引向攫获羔羊的路径;
是你给恶人指点作恶的最佳时令;
是你一脚踢开了公道、法度和理性;
在你的阴暗巢穴里,'罪恶'悄然坐定,
隐匿着他的身影,伺捕走过的生灵。

"你使纯洁的修女违背自己的誓言;
只要欲念一解冻,你就来吹煽火焰;
贞德被你扼杀了,忠诚也遭你暗算;
丑名昭著下流坯!卑污龌龊教唆犯!
你四处传播诽谤,却不容美誉流传;
你是个淫贼、奸徒、偷摸拐骗的恶汉,
你的蜜会变成胆汁,欢愉会变成苦难!

"你的隐秘欢情,会化作昭彰羞耻;
你的私下飨宴,会变成公开禁食;
你的尊荣称号,会沦为鄙陋名字;
你的甜美巧言,会苦似艾草浆汁;
你的狂热虚夸,转眼就破灭消失。
乖戾可憎的机缘!既然你歹恶如此,
众人却苦苦寻你,究竟是为了何事?

"几时你才会成为卑微央告者的良朋,
带他到一个去处,让他的恳求被俯允?
你选定什么时辰终止剧烈的纷争?
在什么时辰释放被苦难束缚的灵魂?
给患者送去药剂,让痛者得到安宁?
穷苦人、瞎子、瘸子,匍匐着向你吁请,
可是,他们却休想与'机缘'迎面相逢。

"医生还恬然酣睡,病人已一命呜呼;
霸主吃得面团团,孤儿却饥肠辘辘;
寡妇正嚎啕不止,法官偏宴饮无度;
疫疠流行的时候,大人物满不在乎。①
你不给慈善事项腾出一点点工夫;
只见你每时每刻,都像恭顺的奴仆
伺候着暴怒、嫉恨、叛逆、凶杀和奸污。

---

① 此行据马隆(Malone)注释译出。

"若是'真诚'和'美德'也与你有所接触,
想求你行个方便,就会有千难万阻,
他们要付出代价,来购买你的帮助;
'罪恶'却空手而来,一文钱也不支付,
你偏又高高兴兴,乐于听他的吩咐。
塔昆来犯的时候,柯拉廷——我的夫主
本可赶到我身边,全怪你把他耽误。

"对于谋杀、盗窃、发假誓、贿买证人,
对于叛逆、欺诈、伪造文书的行径,
对于乱伦淫烝——那十恶不赦的丑闻:
对于这一切坏事,你都推不掉责任。
由于你乖谬的癖好,你自然而然变成
自从开天辟地,直到末日来临,
过去、现在、未来,一切罪恶的帮凶。

"状貌狰狞的'时间',丑恶的'夜'的伙计,
策马飞驰的使者,递送凶讯的差役,
侍奉淫乐的刁奴,蚕食青春的鬼蜮,
灾祸的更夫,罪孽的坐骑,美德的囹圄;
是你哺育了万物,又一一予以毁弃。
欺人害人的时间呵!且听我一声呼吁:
你既然害我犯了罪,就应该害我死去。

"时间呵,究竟为什么,机缘——你的仆人
竟敢悍然夺走你供我安息的时辰?

为什么把我的福祉,勾销得一干二净,
用无尽无休的灾厄,把我拴牢捆紧?
时间呵,你的职责,是消弭仇人的仇恨,
是检验各种见解,破除其中的谬论,
而不是无端毁损合法合意的婚姻。

"时间的威力在于:息止帝王的争战;
让真理大白于天下,把谎言妄语揭穿;
给衰颓老朽事物,盖上时光的印鉴;
唤醒熹微的黎明,守卫幽晦的夜晚;
给那损害者以损害,直到他弃恶从善;
以长年累月的磨损,叫巍巍宝殿崩坍;
以年深月久的尘垢,把煌煌金阙污染;

"让密密麻麻的虫孔,蛀空高大的牌坊;
让万物朽败消亡,归入永恒的遗忘;
涂改古代典籍,更换其中的篇章;
从年迈乌鸦双翅,把翎毛拔个精光;
榨干老树的汁液,抚育幼苗成长;①
把钢铸铁打的古物,糟践得七损八伤;
转动命运的飞轮,转得人晕头转向;

"让那老太婆看到:她闺女又养出闺女;
让孩子变成大人,大人又变成孩子;

---

① 此行据赫德森和普林斯的注释译出。

杀死那嗜杀的猛虎(它专靠杀生度日);
驯服那独角狂兕,还有凶狠的雄狮;
捉弄那些耍滑头,却耍了自身的谋士;
以丰饶壮实的庄稼,叫农人乐不可支;
用涓涓滴滴水珠,磨穿那巉岩巨石。

"你何苦要在一路上,不断地闯祸行凶,
莫非你还能退回来,补救你造成的伤损?
只消在长长岁月里,倒退短短一分钟,
就有千百万世人,会对你改容相敬,
借债给赖债者的债主,就会学到点聪明;①
只消这可怖的夜晚,肯倒退一个时辰,
我就能预防乱子,逃脱危亡的厄运!

"你呵,'永恒'的侍仆——奔波不息的'时间'!
请你摆布下凶灾,整治塔昆这逃犯;
策划出种种比极端还要极端的手段,
叫他不得不诅咒这该受诅咒的夜晚;
让狞恶的幢幢魅影,震骇他淫邪的两眼;
让做贼心虚的惊恐,搅得他神昏目眩,
把途中每一株小树,都看作鬼魂显现。

"以永无宁息的梦魇,滋扰他宁息的时刻;
要让他呻吟床褥,熬受病痛的磨折;

---

① "借债给赖债者",即"好心不得好报"之意。

定教他迭遭祸殃,处处变生不测;
迫令他呜咽悲啼,而对他绝无悯恻;
用硬过石头的硬心,当石头向他投射;
让那些和蔼的妇女,也失去固有的温和,
让她们在他面前,比发怒的恶虎还凶恶。

"让他有时间痛悔,揪头发,捶胸顿足,
有时间咒骂自己,对自己勃然大怒,
让他有时间绝望于时间对他的救助,
有时间活着做一个人所不齿的贱奴,
让他有时间乞讨乞儿吃剩的食物,
有时间看见一个靠周济过活的鄙夫
也不屑把残渣碎屑扔给他这个恶徒。

"让他有时间看见小丑来将他揶揄,
看见他的亲友们都翻脸与他为敌;
让他有时间察觉:忧伤悔恨的日子里,
时间行进的步伐,是多么慢条斯理,
而浪荡嬉游的时日,又多么短促迅疾;
永远,永远,让他那无法勾销的罪戾
有时间啜泣悼惜他大好时光的虚糜。

"时间呵! 善恶双方,都聆听你的教训;
你已教恶人作恶,快教我诅咒那恶人!
让他被自己的影子吓得疾走狂奔,
时时打自己的主意,谋害自己的性命!

这样的脏血正该由这样的脏手来放尽;
因为,会有哪个人,不怕败坏了名声,
肯干这腥臭差事——给这个恶棍行刑?

"出身于帝王家族,他就更显得卑鄙:
居然自甘堕落,把锦绣前程毁弃。
人的地位越显赫,行为越惹人注意——
或使他饮誉扬名,或给他结仇树敌;
世间最大的丑闻,总跟着最高的品级。
月亮被浮云遮住,普天下立即知悉;
星星呢,只要愿意,随时能藏起自己。

"乌鸦可以在泥沼里,把一双黑翅膀洗刷,
沾染了泥浆飞走,污痕却难以发现;
若是雪白的天鹅,也来个依样照办,
它那素净的绒羽,就不免留下污斑。
臣仆是冥冥黑夜,帝王是朗朗白天。
小蚊子飞来飞去,到哪儿也不显眼,
可是鹰隼飞来了,就为万目所共见。

"去吧,无聊的废话!去伺候浅薄的笨蛋!
枉费唇舌的谈吐!软弱无能的裁判!
到竞技学堂去吧,在那儿把口才表演;①

---

① 欧洲古代的高等学堂为了培训学生的口才,常召开演讲会或辩论会,让学生进行比赛。"竞技学堂"即指此而言。

要么,与闲人为伍,陪他们高谈雄辩;
要么,充任调停者,为官司两造斡旋;
而我对词讼纷争,却丝毫也不动念,
因为我这宗案件,非法律所能救援。

"我枉然咒骂机缘,咒骂塔昆的罪孽,
也枉然咒骂时间,咒骂不祥的黑夜;
枉然想严词斥退我面临的身败名裂,
枉然想横眉峻拒我注定难逃的侮蔑;
无益的空谈又岂能给我以公正裁决。
看来,事到如今,行之有效的妙诀,
只有倾洒这一腔已遭败坏的热血。

"可怜的手儿!你何必因这一指令而战栗?
让我从羞辱中解脱,能成全你的荣誉:
因为我若是死去,荣誉将活着,归于你,
而我若偷生苟活,你就要活在丑闻里。
既然你未能卫护你的主母于危急,
而又怯于去撕掐她那万恶的仇敌,
就为这可耻的屈从,杀死她,杀死你自己!"

说完了这些,她从凌乱的床上跃起,
环顾着,想要找一把致人死命的凶器;
这从不杀生的屋宇里,却没有任何器具
能在她气息孔道外,再增添别的孔隙;
她的气息密集着,从唇间向外奔逸,

好像火炮发射后喷出飘散的烟气,
也像火山的浓烟,在空中徐徐消去。①

"我枉自活着,"她说,"而我又枉费心思
想找个侥幸办法,把不幸的生命终止。
我害怕塔昆的利剑会把我一剑刺死,
而为了同一目的,却又来寻一把刀子。
那时——我害怕的时候,曾是忠实的妻室;
如今我还是这样——不对,我已经不是!
塔昆已经劫夺了我的忠贞的标志。

"我活在世上的目标,已经全部沦丧,
既然如此,现在,我无需害怕死亡。
死亡将洗清污秽,至少至少,也将
给这耻辱的衣服,佩上名节的徽章,
让那死后的新生,掩却生前的毁谤。
可怜无补的补救:当珠宝已被偷光,
再来焚毁这无辜的、盛装珠宝的宝箱!

"得了,得了,柯拉廷,我决不让你尝到
横遭摧辱的婚姻那种馊败的味道;
你待我真心实意,我岂能有负知交,
岂能凭已毁的誓约,对你讲恩爱的虚套;
这一次异种拼接,长不出成活的枝条:

---

① "火山",原文直译为"埃特纳",是意大利西西里岛东岸的火山。

玷污你家族的恶人,休想有机会夸耀,
说你是痴愚的假父,抚育的是他的幼苗。

"他也休想背地里将你侮弄揶揄,
休想在伙伴面前讥笑你的境遇;
只是你应当知晓:你所失去的宝物
并非用金钱买走,而是从门口盗出。
至于我,我的命运,是由我自家做主,
对我失节的丑行,我永远也不会宽恕,
直到这胁从的罪过,用我的一死来赔补。

"我不想以我的污秽,来把你毒害腐蚀,
也不想巧言辩解,来掩盖我的过失;
罪恶的乌黑底色,我不想把它涂饰,
也不想隐瞒暗夜里那些龌龊的事实;
我要让这根舌头把一切尽行揭示;
我的两眼似水闸,也与山泉相似,
要涌出纯洁的净水,洗净我不洁的故事。"

伤心的菲罗墨拉,这时终止了悲吟,①
不再宛转倾诉她夜间凄楚的心情;
肃穆森严的夜色,步子迟缓而沉闷,
走向阴惨的地府;看呵,赪红的早晨

---

① 菲罗墨拉即夜莺。据传说,古代雅典有一位公主名叫菲罗墨拉,被她姐夫忒柔斯奸污并割其舌,后来化为夜莺,不断悲啼。事见奥维德《变形记》第6章。

把大片光明赐给了企盼光明的眼睛;
而愁苦的鲁克丽丝,耻于看见她自身,
情愿在幽幽夜色里,继续把身形幽禁。

光华乍展的白昼,从条条缝隙里侦视,
仿佛要指给人们看:她坐在那厢哭泣;
鲁克丽丝哽咽着,叫道:"太阳呵!你何必
在窗口伸头探脑?再不要向我偷觑;
你该用撩人的光线,去戏弄熟睡的眼皮,
不该用刺目的明辉,来烙烫我的眉宇;
黑夜的所作所为,与白昼毫无关系。"

这样,她见了什么,就挑什么的毛病;
这种真切的悲痛,好比任性的顽童——
他一旦闹了别扭,什么都不肯答应。
旧恨会显得温顺,新愁却截然不同:
岁月调驯了旧的;新的却一身野性,
像不善游泳的愣小子,愣生生跳入水中,
只因他功夫欠缺,拼命游仍然灭顶。

这样,她深深浸溺在愁苦的汪洋大海中,
同她所见的一切,刺刺不休地争论;
以人间各种忧患,来比照自己的不幸,
比了一种又一种,可真是层出不穷,
不论同什么相比,都使她更加苦痛。
有时候,她的悲思,默默不做一声;

有时候又变为狂乱,滔滔说个不停。

鸟雀们啁啾合唱,赞美欢畅的清晨,
这甜美愉悦的曲调,更使她怆痛难禁;
因为欢乐总是要探察苦恼的底蕴;
与快活的伙伴为伍,忧郁的心灵活不成;
置身于悲哀的群体,悲哀最感到高兴:
真切苦痛得到了同病相怜的知音,
也就会心满意足,也就会感激涕零。

望见了海岸才溺死,是死得双倍凄惨;
眼前有食物却挨饿,会饿得十倍焦烦;
看到了治伤的膏药,伤口更疼痛不堪;
能解救悲哀的事物,使悲哀升到顶点。
深沉的痛苦像河水,滚滚不息地向前:
河水若遭到拦阻,会漫出夹峙的堤岸;
痛苦若遭到玩忽,会凌越法度和界限。

"鸟儿呵!"鲁克丽丝说,"你们像在嘲弄我;
别唱了,把歌声埋入你们虚胀的胸膈!
在我听得见的地方,请你们闭口藏舌;
我心里噪音杂乱,听不得乐律谐和;
心情凄苦的女主人,受不了欢娱的宾客;
把你们轻快的音符,送向快活的耳朵;
当泪水滴着节拍,伤心人只爱听悲歌。

"来吧,菲罗墨拉呵,怨诉暴行的鸣禽!
请把我纷披的乱发,当作你幽暗的丛林!
见了你憔悴的姿容,大地也含悲而湿润,
听了你哀婉的曲调,我更会热泪淋淋;
我要以深长的呻唤,引出低沉的歌吟;
当你用佳妙清音,悲叹忒柔斯的蹂躏,
我会以伴唱的调子,低诉塔昆的侵凌。

"你常常让你胸口,凭靠着尖刺一根,
好让你锐利的苦痛,时时刻刻都清醒;
不幸的我呵,仿效你,愿意以尖刀一柄
对准我这颗心儿,慑服我这双眼睛;
只要眼睛一闭拢,心儿就饮刀毙命。
让尖刺、尖刀的功用,与琴弦横柱相等,
为我们把心弦调准,奏出凋殒的哀音。

"夜莺呵,你白天不唱歌,像羞于被人窥望;
让我们找一片漠野:僻远,幽暗,荒凉,
既没有炎虐暑热,也没有寒冻冰霜;
向那儿的走兽飞禽,把悲歌曼声吟唱,
改变它们的天性,叫凶悍化作纯良;
既然事实已表明人们像禽兽一样,
不如让禽兽具有温和宽厚的心肠。"

像一头受惊的野鹿,兀立着仓皇四顾,
昏昏然难以定夺:该从哪条路逃出;

又像一个迷途者,在迂回盘道上踌躇,
无法从容不迫地找到便捷的去路;
鲁克丽丝就这样,思想中自相牴牾,
弄不清生死二者,哪个有较多的好处:
生既已蒙受垢污,而死也难逃责辱。

"杀死我自己,"她说,"那又算什么出路?
无非让我的灵魂,像躯体一样受污!①
不同于一场动乱中财富全失的失主,
家当只损失一半的,会格外小心守护。
倘若有这样的母亲,那可真算得残酷——
她生有两个娇儿,当一个被死神攫捕,
她就要杀掉另一个,连一个也不乳哺。

"哪一个更为宝贵,是躯体还是灵魂?
其中一个若干净,另一个也就贞纯。
灵魂和躯体都已经许给天国和柯拉廷,
是天国还是柯拉廷,谁的爱对我更亲近?
葱茏挺拔的青松,树皮一旦被剥尽,
汁液自然会枯竭,针叶难免要凋零;
我灵魂也被剥了皮,她又怎能不消殒!

"灵魂的寓所遭劫,灵魂的安宁告终,
她那堂皇的府第,被敌军轰毁夷平;

---

① 所谓"自杀使灵魂受污",乃是天主教的说法,古罗马人并无此种观念。

她那祀神的庙宇,被玷辱、糟践、污损,
还被可耻的恶名密密层层地围困;
若在这残败堡垒中,我凿通一个小孔,
好穿过这条孔道,度出我受难的灵魂,
那就决不能叫作冒犯神明的行径。

"如今我还不能死,我一定要让柯拉廷
听明白我短命而死是出于什么原因;
这样,在我临终时,他就会指天作证:
谁使我终止呼吸,就向谁报仇索命。
而这些染污的赤血,我要遗留给塔昆;
血既为他所染污,必将为他而流尽,
要算作他的欠债,在我遗嘱上写清。

"我要把我的荣誉,遗赠给那把刀子——
它将要刺入我这丧失了荣誉的身躯。
剥夺不荣誉的生命,是一桩荣誉的壮举,
荣誉会重获生机,当生命黯然死去;
从那耻辱的尸灰中,我的令名将诞育;
在刺杀自己的同时,我也把恶名刺死,
死去的是我的耻辱,新生的是我的荣誉。

"我的珍宝已失去,柯拉廷——珍宝的主君!
还剩下什么遗产,我可以向你遗赠?
亲爱的,我的决定,该让你感到骄矜,
比照我做出的范例,你就能报仇雪恨。

该怎样处置塔昆,从我的范例来思忖:
请看我——你的亲人,杀死我——你的敌人,
为了我,请你也这样处置那欺诈的塔昆。

"现在将我的遗嘱,撮述简短的大意:
我的灵魂和躯体,分别上天与入地;
我的决定,柯拉廷,你务必信守不渝;
光荣归于那把刀——它戳入我的身躯;
耻辱归于那个人——他毁了我的名誉;
所有我留存的名誉,我都要分发出去,
赠给留存于世间的、不鄙薄我的男女。

"我要委任你,柯拉廷,照管遗嘱的执行;
我被人坑骗得好苦,累及你受这种委任!
鲜血一定能洗净我的罪过和丑名,
我以洁白的一死,荡涤污黑的行径。
心儿呵,不要怯弱,要毅然回答:'遵命!'
我的手定要攻克你,向手儿屈服吧,我的心;
心与手,双双死去吧,你们会双双得胜。"

这样凄凄惶惶地安排了自己的末路,
她从晶亮的两眼拭去微咸的泪珠,
以沙哑反常的音调,将她的侍女招呼,
侍女应声而来,恭谨地奔向主妇,
忠顺之心像飞鸟,展双翅急急飞骛。
鲁克丽丝的脸颊,在侍女看来正如

阳光下冰融雪化的一片冬日平芜。

侍女规规矩矩地向主妇问候起居，
声调徐缓而柔和，显示出谦卑有礼；
见主妇容态异常，一脸哀痛的神气，
便以忧郁的表情，投合主妇的悲戚；
可是这侍女不敢冒冒失失地问及：
她那明艳的双眸，为何让愁云遮蔽，
她那白嫩的两颊，为何让苦雨冲洗。

正如太阳一沉落，大地就哭泣不停，
朵朵花儿濡湿了，像泪水汪汪的眼睛；
侍女以潸潸热泪，把自己两眼浸润，
对那双明艳的太阳，充满了怜惜之情——
从她主妇的天宇，那双太阳已沉沦，①
在咸浪滔滔的海里，收敛了它们的光明，②
这侍女便为之悲恸，泪珠如夜露泠泠。

这两个美人儿伫立，如象牙雕像一般，
滔滔泪水似喷泉，向珊瑚水池喷溅：③
一个哭得有理由；另一个泪流满面
却没有什么原因，只有个流泪的伙伴；

---

① 以天宇喻颜面，以太阳喻眼睛。
② 以海浪喻泪水，两者都是咸的，故用"咸"字。
③ "珊瑚水池"，指装有人造喷泉的喷水池。欧洲人常把人造喷泉的管道装置在人物雕像里，上行的"象牙雕像"即指此而言。

禀性温柔的妇女,常乐于涕泣涟涟,
揣测别人的苦痛,引起自身的伤感,
揉碎一颗颗芳心,浸湿一双双媚眼。

男子的心肠像顽石,女子的像蜡一样,
由着顽石的意图,捏塑她们的形状;
弱者被强者压制,异性的印记和影响
靠暴力、奸谋或巧技,施加在她们身上。
罪魁祸首的恶名,不该由她们承当,
正如在一块蜡上,印出了魔鬼的肖像,
不能因此就认为:这块蜡邪恶不良。

她们是毫无遮拦,像旷阔坦荡的平陆,
每一只爬行的小虫,无不历历在目;
男子却像一丛丛桠杈横生的林木,
有多少灾厄凶险,在幽林暗穴里蛰伏;
隔着透明的水晶墙,什么都纤毫毕露;
男子用岸然道貌,将他们罪行掩覆,
然而女子的面容,将她们过失都供述。

谁也不要去苛责那些萎谢的花瓣,
而应该痛斥凶狠的、摧残花卉的冬天;
那被吞噬者不该,吞噬者才该受责难。
如果不幸的女子经常受男子欺骗,
这不能归咎于妇女,说她们品行不端。
将自己的丑事出租,叫柔弱女子来租佃,

这些刁蛮的地主,才应该遭到严谴。

鲁克丽丝的遭遇,是女子命运的例证:
在深夜陡遭侵袭,面临险恶的绝境,
若敢于奋身抗拒,会立即被刺殒命,
凌辱会随之而来,败坏她丈夫的名声;
鉴于抗拒和死亡会招来这样的不幸,
一种致命的恐惧,扩散到她的周身;
对一具死去的躯体,谁不能任意侮弄?

这时候,鲁克丽丝,出于宽厚和仁慈,
向那陪着她哭泣的、可怜的侍女启齿:
"我的姑娘呵,"她说,"是什么原因促使
你热泪滚下双颊,霖雨般淋漓不止?
你若是为了悲悯我的遭遇而哭泣,
好心的姑娘,要明白:这难解我的悲思,
要是眼泪能救我,我自己的眼泪也济事。

"那么,姑娘,告诉我,"她说到这儿停住,
深深叹息了一声,"塔昆何时离去?"
"那时我还没起床,"侍女回答主妇,
"这原该多多责怪我的怠惰和疏忽;
不过也有些情由,能减轻我的错处:
我自己起身的时分,东方曙光未露,
而在我起来以前,塔昆已经上路。

"夫人,您若是不嫌您的侍女太唐突,
她就想问个明白:您到底有什么悲苦。"
"别问了!"鲁克丽丝说,"如果那可以吐露,
即使是详加述说,也难减半分痛楚;
因为那样的情景,远非我所能描述:
那种深重的苦难,简直像阴曹地府,
我所感受的虽多,却没有力量说出。

"去吧,把纸笔墨水,拿到这厢来伺候——
不用费那个事了,因为我这儿就有。
我还该说些什么?——你快去吩咐左右,
要一个男仆准备好,再过一会儿以后,
送一封书信给我的主君、亲人、爱友;
要他快安排停当,快把这封信带走:
这事情务须急办,信马上就能写就。"

侍女奉命走开了,她就着手修书,
开始时,摇着羽笔,怎么写颇费踌躇;
她的意念与悲思,正在急切地角逐;
心智叫她写下的,情感立即给涂污:
这一句太矫揉造作,这一句又拙劣粗俗;
恰似拥挤的人群,穿过狭窄的门户,
谁都想走在前头,堵塞着她的思路。

终于,她动笔写下了:"有才有德的夫君!
你无才无德的妻子,向你殷勤问讯,

127

谨祝你康强无恙！其次,望你能俯允:
只要你还想见见我,那么,我的亲人,
请务必急速登程,回家来将我探问;
我在此向你致意——在家里,满腹悲辛;
我的话寥寥无几,我的苦绵绵不尽。"

于是她折起这一页载满悲思的信纸,
她的切实的苦难,写得不十分切实。
柯拉廷凭着这短简,会知道她有伤心事,
可是他无从知道事情是何种性质;
这件惨祸的真相,她不敢向他揭示,
因她还未用赤血来表明自己无疵,
怕他也许会猜想:这是她本身的过失。

悲苦的心情和精力,如今她有意储积,
等他来听她诉说时,她才肯宣泄无遗;
那时,她可以借助于眼泪、呻吟和叹息,
来涂饰自身的羞辱,澄清世人的猜疑,
如今她小心翼翼,将这一污垢回避,
不愿用絮烦言语,给书信染上污迹,
直到她能用行动有力地配合言语。

看到悲惨的景象,比听人讲它更难过:
因为我们的眼睛,瞧见了苦难的始末,
等到事过之后,由眼睛传达给耳朵,
这时,各个感官,都分担了一份负荷,

所以耳朵听到的,只能是一部分灾祸。
深深海峡的声响,比浅浅河滩的微弱,
言语的风儿一吹动,悲哀的潮水就退落。

她的信已经封好,封皮上大书特书:
"火速送到阿狄亚,面呈我的夫主";
信差在一旁伫候,她把信匆匆交付,
催促这闷闷的仆人赶快动身上路,
要他像北风怒卷时落伍的飞雁般快速。
比迅疾还要迅疾,她还认为是慢步:
极端的祸患逼出了这种极端的态度。

这个淳朴的仆人,向主妇俯首鞠躬,
两眼向她注视着,两颊泛出了红晕,
他把那封信接过,也没有答应一声,
便以羞怯的窘态,急急忙忙动了身。
而那些心怀愧疚、疑神疑鬼的人们
猜想每一只眼睛都窥见他们的隐情;
鲁克丽丝只当他为她的丑事而脸红。

好一条憨直汉子!上帝看得分明:
他只是缺少点勇气,缺少点冒险精神。
这些无邪的生灵,具有真诚的品性,
他们用行动来说话,不像另外一些人
答应得又快又轻巧,做起来却磨磨蹭蹭。
这仆人简直就是往昔时代的标本,

只会用忠厚神情,不会用言语来保证。

他心底激发的敬意,激发了她的猜疑,
两朵赤红的火焰,在彼此脸颊上燃起;
她猜他脸红的原因,是知道了塔昆的罪戾,
便跟他一起脸红了,望着他,注目不移;
她那眈眈的目光,使得他更为诧异;
涨满他两颊的血液,她看得愈是清晰,
她也就愈益相信:他察见了她的污迹。

她寻思:要等他回来,还得很久很久——
这个忠顺的家人,只不过刚刚才走。
漫长可厌的时光,她实在难于忍受,
哭泣、呻吟和叹息,腻味了,倒人胃口;
悲叹累乏了悲叹,怨尤拖垮了怨尤;
于是,她停止倾诉,不再絮絮不休,
琢磨用什么新样式,来宣泄满腹哀愁。

后来,她终于想起:房里挂着一幅画,
精妙逼真地画着普里阿摩斯的特洛亚:①
城外,来势汹汹的,是希腊大军的兵马,
为了海伦的遇劫,来将特洛亚讨伐;

---

① 普里阿摩斯是特洛亚王。他的儿子帕里斯劫走了希腊斯巴达王后海伦,由此引起了长达十年的特洛亚战争。

高耸入云的伊利昂,怕要遭铁蹄践踏;①
这幅画气势非凡,灵慧的画家笔下,
俨如旷远的穹苍,要俯吻崇楼尖塔。

成百上千的形象,都画得悲苦动人,
艺术凌驾于造化,造出无生命的生命:
干枯的颜料点点,仿佛是珠泪淋淋,
为了惨死的丈夫,从妻子眼中外涌;
看画笔巧夺天工:鲜血还热气腾腾;
垂死者暗淡的眼睛,闪烁着灰白光影,
好似渐熄的炭火,在漫漫长夜里燃尽。

那边你们能看到:正在操作的工兵
流着污垢的汗水,浑身沾满了灰尘;
而从特洛亚岗楼上,透过射击的孔洞,
活灵活现地露出人们一只只眼睛,
闷闷不乐地盯着逼临城下的希腊人;
这幅奇妙的作品,竟这样精巧传神:
从那些远处的眼睛里,能看出悲痛之情。

你们还可以看到:那些显赫的将领,
一个个脸上现出威严优雅的神情;
年轻武士的身姿,显得矫捷而灵敏;
画家还在人群里,错落地画上几名

---

① 伊利昂即特洛亚城。

面如土色的村夫,战兢兢举步前进;
这些胆小的可怜虫,也画得意态如生,
画面上简直看得见:他们正颤抖不停。

再看他画的这两位:埃阿斯,尤利西斯,①
他摹写人物的技艺,又是何等精致!
两人各自的面容,表露了各自的心思,
他们的外貌真切地揭示出他们的气质:
你看埃阿斯眼中,转动着躁怒和固执;
而巧黠的尤利西斯那温文尔雅的瞥视
透露着深思熟虑,和从容含笑的自制。

还有严肃的涅斯托,正站在那儿讲演,②
看来像是在激励希腊士兵去作战;
瞧他做出的手势,是那样稳重庄严,
抓住了众人心神,吸引了众人视线;
他侃侃而谈的时候,皓白如银的须髯
仿佛在上下抖动;一开一合的唇边
逸出回旋的气息,袅袅飘入空间。

他周围密集的人群,张着嘴仔细倾听,
好像要一口吞下他那些谆谆教训;

---

① 埃阿斯(指大埃阿斯),尤利西斯(即奥德修斯),都是希腊联军的重要将领。这节诗所述的绘画内容,是描绘埃阿斯与尤利西斯在阿喀琉斯阵亡以后争夺他的铠甲和兵器的事件。结果尤利西斯获胜,埃阿斯羞愤自杀。
② 涅斯托,希腊联军年迈的高级将领,以公正睿智著称,长于言词。

众人共同聆听着,但各有不同的表情,
恍若鲛人的歌声,将他们耳膜勾引;
听众有的高,有的矮,画得格外精心;
后面还有许多人,几乎遮没了头顶,
只想跳得更高些,简直听得出了神。

凭靠着这厮脑袋的,却是那厮的上肢;
他身边别人的耳朵,挡住了他的鼻子;
这一个被挤得后退,气冲冲面红耳赤;
那一个压得不透气,恶狠狠诅咒呼叱;
他们以暴躁的心情,做着暴躁的姿势;
看来,要不是惟恐听漏涅斯托的言词,
彼此间就会挥动愤怒的刀剑来争执。

画面上有些场景,显示了画家的想象;
虚拟假托的手法,运用得自然得当:
代表阿喀琉斯的,是他挺立的矛枪,①
牢执在披甲的手里;他本人,隐没在后方,
谁也无法看到他——除非用心智的眼光;
一手,一足,一头,一腿,或一张脸庞,
靠了想象的翼助,能代表完整的人像。

当骁勇过人的赫克托——众望所归的英雄②

---

① 阿喀琉斯,希腊联军的主将和英雄。
② 赫克托,特洛亚军队的主将,普里阿摩斯与赫卡柏之子,帕里斯之兄。

出城迎敌的时候,特洛亚年迈的妇人
都登上被围的城头,望见她们的儿孙
挥动明晃晃刀枪,也为之开颜振奋;
用这种罕见的举止,她们送英雄上阵,①
在豪情喜气之中,透露着忧愁惊恐,
恰如雪亮的器物,沾上了一抹锈痕。

从达丹海滨战场,流出殷红的血川,
流向西摩伊斯河芦苇纷披的岸边;②
河水仿佛也有意模拟人群的激战,
涌起了层层怒涛,像军队汹汹来犯,
冲撞残损的河堤,然后向河心退还,
遇见更大的狂澜,它们就汇成一片,
把飞溅的银沫射向西摩伊斯河两岸。

鲁克丽丝向这幅精美的巨画走近,
想看看有谁的脸上,汇聚着一切悲辛。
她见到许多面孔,都有忧患的留痕,
可是都未能包容所有的哀愁和不幸;
直到瞥见了赫卡柏,伤心绝望的老妇人,③
向她丈夫的伤口,愕视着,目不转睛——

---

① "罕见的举止",指老妇人登城观战助威。
② 达丹,即达丹尼亚,特洛亚城附近的地区。西摩伊斯河,源出伊达山,流入特洛亚平原。
③ 赫卡柏,普里阿摩斯之妻,特洛亚王后。

他倒在皮罗斯脚下,热血汩汩流涌。①

画家在她的形象中,剖析入微地描写
时序的摧残,忧患的折磨,姿容的衰谢;
她的双颊变了样,布满皱纹和皲裂,
昔日风韵的余影,早已悄然告别;
一根根脉管萎缩了,蓝血变成了黑血,②
哺育脉管的源泉,也已渐渐枯竭;
一具僵死的躯壳,把生命禁锢阻绝。

鲁克丽丝的目光,在这画像上留停,
以她的悲戚来投合这位老妪的哀痛;
这老妪具有一切,来回答她的探问,
只缺少呼号和恶语,诅咒凶暴的敌人;
画家并不是神灵,不能赋予她声音;
鲁克丽丝抱怨说,这画家待她不公允:
给了她这么多苦难,不给她舌头一根。

"可怜的哑巴,"她说,"一点声音也没有,
让我用悲恸的调子,来吟咏你的哀愁;
我要把止痛香膏,滴入你丈夫伤口;
要咒骂狠毒的皮罗斯——残害你丈夫的凶手;

---

① 皮罗斯,阿喀琉斯之子,希腊人攻陷特洛亚后,他杀死了普里阿摩斯。
② 古代欧洲封建统治阶级把贵族的血液称为"蓝血",认为它比平民的血液高贵。

特洛亚未熄的烈火,我要用泪水来浇透;
所有这些希腊人——与你为敌的敌寇,
我要用尖刀剜出他们瞋怒的眼眸。

"让我瞧瞧那娼妇——她引起这场兵戈,①
我要用尖利指甲,戳破她娇艳美色。
烈焰烛天的特洛亚,承当这可怕的罪责,
全怪你,痴儿帕里斯,是你的欲焰所招惹;
是你的眼睛点着了这里的炎炎大火;
你瞧:如今特洛亚,由于你眼睛的罪过,
父亲和儿子双亡,夫人和女儿俱殁。

"为什么个别人物儿女私情的欢乐
竟会换来普泛的、人人难逃的灾厄?
既然是独自一个犯下不赦的罪恶,
就让他独自一个吞食罪恶的苦果。
让那些无罪的生灵,免遭罪孽的折磨;
为了一人的过失,为何叫众人受过?
为何因私欲之罪,向万民普降奇祸?

"看吧,赫卡柏悲泣,普里阿摩斯身亡,
赫克托,特洛伊罗斯,负伤昏倒在地上;②
战友偎靠着战友,都在血泊中横躺,

---

① "娼妇"指海伦。
② 特洛伊罗斯,普里阿摩斯与赫卡柏的小儿子,为阿喀琉斯所杀。

战友面对着战友,无意中相互斫伤;①
一个人痴迷好色,害得多少人遭殃!
只要普里阿摩斯制止他儿子的荒唐,
特洛亚就会被荣光,而不会被火光照亮。"

为了画中的惨祸,她情不自禁地哀恸:
心底蕴藏的悲思,像沉重悬垂的巨钟,
只消撞那么一下,它自会摆动不停,
不必费什么力气,便奏出凄楚之声;
鲁克丽丝就这般,悲思既经触动,
便对着愁惨图像,细诉悲苦的衷情;
她借给他们言语,借用他们的愁容。

她的两眼扫视着,在画上到处寻觅,
发现谁困苦无依,她就为谁哭泣;
最后瞧见一个人,怪可怜,双手被捆起,②
几个牧人陪着他,也露出怜悯神气;
这汉子脸色忧愁,却显得知足克己,
和这些乡民一道,正向特洛亚走去,
有忍辱负重的耐心,对苦楚全不在意。

---

① 马隆和赫德森对"无意中"一词的解释是:希腊人攻破特洛亚城和此后的巷战都是在夜间进行的,混战中难分敌友。
② "一个人",指木马计的执行者西农。他用精心编造的故事,诱使特洛亚人把藏有希腊精兵的巨大木马拖进城去,从而导致了特洛亚的败亡。在此之前,首先发现西农藏在木马腹下并把他拖出的,是几个佛律癸亚牧羊人,西农用谎话骗取了他们的同情,他们便带他前往特洛亚去见普里阿摩斯。这几行诗写的便是这一情节。佛律癸亚,古国名,在小亚细亚。

在这个人物肖像中,画家用高妙本领
掩藏了欺诈伎俩,描绘出温厚外形:
恭谨的步态,沉着的神色,流泪的眼睛,
双眉柔顺地舒展,像乐于承接不幸;
他脸色非白非红,而是红白搀混,
既未让羞赧的红色揭示犯罪的隐情,
也未让苍白透露出做贼心虚的惊恐。

恰像是一个恶魔,执拗而冥顽成性,
摆出的一副外貌,却俨然正直真诚,
他把诡秘的邪念,藏起来不露形影;
连疑神疑鬼的多疑者,也都不会疑心,
也都难于设想:狡谲的奸谋和伪证
竟能把晦冥风暴,驱入这晴朗天空,
竟能以鬼蜮罪孽,涂污这圣者形容。

这技艺精良的画师,画的这温顺汉子
乃是发假誓的西农——他蛊惑人心的故事
终于把耳软轻信的普里阿摩斯害死;
他的言词像火硝,把伊利昂赫赫威势①
烧成了一堆焦土,使天公也感慨系之;②

---

① "火硝",古代海战中用来焚烧敌船的燃烧剂,用硝石、硫磺、沥青等物制成。
② 我国诗人李贺的名句"天若有情天亦老",也是说天公因人世的兴亡而感慨系之。

星儿们照影的宝镜,既已崩坏消失,①
它们便纷纷飞迸,离开了固定位置。

她煞费心思地观察这幅西农的图形,
画笔固然佳妙,她仍要斥责那画工,
说是:这幅肖像,画错了西农的神情——
这样正派的仪表,容不得险恶邪心;
她反复留神观察,看下去,看个不停,
在这朴实相貌里,发现了真诚的明证,
她判定:它画得不像,不是西农的真容。

"这简直不可思议,"她说,"这许多奸计"——
(她本来想要接着说:"会藏在这样的外形里";)
但这时,塔昆的形影,闪入了她的脑际,
从她的唇舌之间,截去了下面的话语;
"这简直不可思议,"她改变原来的主意,
说道:"我算明白了,这简直不可思议——
在这样一副模样里,不怀有邪恶的心机。

"正与这里画出的、诡诈的西农相仿,
也这样庄重忧郁,也这样疲乏温良,
像由于悲愁或劳苦,身心已虚弱颓唐,
披着戎装的塔昆,来这里登门造访;

---

① "宝镜"指特洛亚。意谓特洛亚城璀璨夺目,光可鉴人,以至天上星辰都把它当作照影的明镜。

外表上真诚正直,内心却凶顽淫荡;
正像普里阿摩斯接待了西农那样,
我也接待了塔昆,使我的特洛亚覆亡。

"看吧!西农在诉说,假眼泪纷纷下坠,
国王呢,老眼也湿了,满脸怜恤和慈悲。
普里阿摩斯,你老了,怎么还不聪慧?
他流的每一滴眼泪,都叫一个特洛亚人流血!
从他的眼里滚落的,滴滴都是火,不是水:
这些叫你心软的、溜圆晶亮的珠泪
是不灭的火焰弹丸,要把这王城焚毁。

"魔鬼从幽冥地府,盗来了诡异魔力;
西农虽火烧火燎,却冷得浑身颤栗,
炙人的炎炎烈焰,就寓居在这严寒里;
互不相容的事物,竟如此和谐如一,
只能骗那些愚人,叫他们轻率中计;
就这样,西农的泪水,使国王深信不疑,
用水来焚烧特洛亚——这就是西农的绝技。"

愤激的情绪涌起,她不禁怒火如焚,
胸中原有的耐心,这时已消失净尽,
她用指甲撕破了这毫无知觉的西农,
在心里把他比作那个凶邪的客人
(那客人可憎的行径,迫使她憎恶她自身);
随后,她微微苦笑,停止了这样的愚行,

"我真傻,真傻!"她说,"撕烂他,他也不疼。"

她的哀愁像潮水,有涨潮也有落潮;
听她不停的怨诉,连时间也感到疲劳。
白天她苦等黑夜,黑夜又焦盼明朝,
她觉得白天黑夜,两个都冗长可恼;
短时间仿佛拉长了,只因她痛楚难熬。
悲思虽已困乏,它却不大肯睡觉;
时间爬得有多慢,不寐的人们都知晓。

而她与这些画像厮守的这些时刻
却已经不知不觉从她的心头溜过;
她对别人的苦难,作一番深切揣摩,
这就使她的心情,离开了自身的惨祸;
面对悲苦的群像,暂时忘失了自我。
想到别人也受过同样惨厉的折磨,
这虽然治不好痛楚,却使它稍稍缓和。

如今那小心的信差,已经回转家门,
接来了他的主公,和另外几位贵宾;
柯拉廷进门便望见:鲁克丽丝周身
披裹着黑色丧服,两眼被泪水浸润,
眼睛周围的蓝圈,像雨后天边的虹影。
她的这两道虹霓,预报着不祥的音讯:
前一阵风暴刚停息,新的风暴又临近。

她神色忧闷的丈夫,看到了这般情景,
惶惑不安地注视着她那惨痛的面容:
泪水烫过的眼眶,看上去又红又肿,
脸上鲜活的血色,因极度哀伤而褪尽。
他简直没有气力叩问她是否安宁,
愕立着,好像老朋友,在恍惚迷惘之中,
相逢于辽远的异乡,彼此都惊疑不定。

随后,他轻轻握住她毫无血色的纤手,
问道:"出了什么事,有什么灾祸临头,
害得你这样难受,这样连连颤抖?
褪尽你妍丽血色的,是什么悲苦怨尤?
你这样身披丧服,是出于什么缘由?
请你,亲爱的亲人,揭示这深重哀愁,
说出你心头的痛楚,好让我们来解救。"

为了喷吐悲思,她已长叹了三次,
但要倾诉苦难,她却说不出一字。
最后她打定主意,听从柯拉廷的嘱示,
于是含羞抱愧地试图让他们闻知
她的清白名节,业已被强敌拘縶;
她说的时候,柯拉廷,还有同来的绅士,
心情沉重而急切,倾听着她的言词。

在她湿漉漉的窠里,这只惨白的天鹅
为她必然的殒灭,唱出凄恻的哀歌:

"没有什么言语,能形容这种罪恶,
也没有任何辩白,能矫饰这桩过错;
我只有少许言词,却有这许多灾祸;
靠这根疲敝的舌头,来把这一切诉说,
那么我的哭诉呵,只怕会太长太多。

"那么,这些话就是我必须说出的全部:
有一个生人窜来,侵占了你的床褥,
他匍匐在这枕头上(哦,亲爱的夫主!
你惯于在这枕头上,憩息你困倦的头颅);
他还靠卑污的胁迫,对我施加了凌辱——
那是怎样的凌辱,你可以想象得出,
你的鲁克丽丝呵,未能免遭荼毒!

"在那墨黑的午夜,静悄悄,阴森可怖,
一个潜行的动物,潜入了我的寝处,
带着贼亮的短剑,和一支点燃的明烛,
向我的耳边低唤:'醒来,罗马的贵妇,
快接受我的爱情;若是你敢于违忤
我这情欲的要求,我就要向你报复,
叫你和你的家族,蒙受绵长的耻辱。'

"他说:'你若是不肯听命于我的意志,
我就要刺杀你家的某一个粗陋小厮,
接着我要杀掉你,还要当众起誓,
说你们正在干着那种淫邪的丑事,

就在那幽会的地方,我发现了这一对贼子,
在你们犯罪的时候,把你们双双杀死;
结果呢,我名节无亏,你却要永蒙羞耻.'

"我听了他说的这些,正要跳起来叫嚷,
他就将他的利剑,对准了我的胸膛,
发誓说:除非依了他,让他如愿以偿,
我就休想活下去,半句话也休想再讲;
那么,我的耻辱,将永远留在史册上,
在这伟大的罗马,人们将永远不忘
鲁克丽丝这淫妇,与贱奴淫乱而死亡。

"我自己这样软弱,敌人却这样强横;
面对这强横的恐怖,我更加软弱无能。
那法官凶蛮残忍,不许我口舌出声;
更没有公正的辩士,能为我据理力争;
他那猩红的肉欲,当法官又当证人,
起誓说:是我的美色,引诱了他的眼睛,
既然法官被诱骗,犯人必得判死刑。

"告诉我,找什么理由,来为我自身辩护;
至少,让我这么想,也好减轻点痛苦:
虽然我血肉之躯,已为暴行所玷辱,
我这纯洁的心灵,照旧是清白无辜;
它不曾遭受强暴,它不甘同流合污,
在已遭败坏的腔膛里,它依然不屈如故,

它那完美的贞德,始终保持牢固。"

看他呵,真好似遭受惨重损失的商贾,
嗓音因痛苦而哽塞,头颈因哀伤而低俯,
不幸的双臂抱起,眼神凄恻而凝固,
两片嘴唇褪了色,苍白如白蜡新涂,
嘴唇想吹开悲痛,免得将话儿壅阻,
但悲痛难以吹开,他徒然费尽辛苦,
刚吐出一口叹息,吸气时又重新吸入。

有如咆哮的怒潮,一进入桥洞里边,
向它注视的眼睛,便让它逃出了视线;
这潮水卷入涡流,昂昂然腾跃回旋,
又回到逼它狂奔的那一道狭窄水面;
怒气冲冲地进发,又怒气冲冲地退转;
就这样,他的哀叹,像往返拉锯一般,
驱使悲痛出动,又引这悲痛回还。

鲁克丽丝察见了柯拉廷无言的怆痛,
便说出这番话来,将他从昏乱中唤醒:
"夫主呵,你的悲苦,给我的悲苦加了劲;
下了雨,洪水不会退,只会涨得更凶。
我的苦处太敏感,一见你这样伤心,
便更加痛不可忍;不如让这场厄运
仅仅淹没一个人,一双悲泣的眼睛。

"请看在我的分上(既然我还能打动你),
看在你爱妻的分上,注意听我的主意:
要向那仇敌报复,立即给他以痛击——
他是你的,我的,也是他自身的仇敌;
设想你是在保护我,免受奸贼的侵袭;
你的保护来迟了;要把他置于死地!
姑息宽纵的裁决,只能够助长不义。"

她转向那些陪同柯拉廷来家的人们,
"当我还不曾说出那个奸贼的姓名,
请务必向我,"她说,"保证你们的忠信,
火急地追击敌人,为我伸冤雪恨;
用复仇的武器除奸,是光明正大的功勋:
骑士们凭着誓言,凭着豪侠的身份,
理所当然要解救柔弱妇人的不幸。"①

到场的各位贵人,都以慷慨的气质
答应了她的恳求,愿助她复仇雪耻,
对于她这项吩咐,骑士们义不容辞,
他们都急于听她揭露那恶贼的名字。
这名字尚未说出,她却欲言又止;
"哦,请说吧,"她说,"请你们向我明示,
怎样才能从我身,拭去这强加的污渍?

---

① 这种"骑士精神"流行于欧洲中世纪,古罗马人未必有此。

"既然我这桩罪过,是可怖处境所逼成,
对这桩罪过的性质,应该怎样来判定?
我的洁白心地,能不能抵消这丑行,
能不能挽救我这倾颓扫地的名声?
有没有什么说辞,能帮我摆脱这厄运?
被毒物染污的泉水,能将它自身涤清,
我又为什么不能把强加的污浊洗净?"

听了她这番话语,绅士们立即答复,
说她无垢的心灵,淘洗了皮肉的垢污;
以一丝无欢的苦笑,她把脸庞转过去——
这脸庞犹如一幅画,画满了人间惨苦,
厄运的深深印记,由泪水刻入肌肤。
"不行,"她说,"今后,决不让一个贵妇
以我的失足为借口,要求宽宥她失足。"

这时,她长叹一声,仿佛心房要爆炸,
啐出了塔昆的名字,"是他,"她说,"是他,"
但她疲弱的唇舌,再也说不出别的话;
经过多少次迟延,声调的多少次变化,①
多少次非时的停顿,衰惫而短促的挣扎,
最后她说出:"是他,公正的大人们,是他
指使我的这只手,来将我自身刺杀。"

---

① 此行据施密特(Schmidt)注释译出。

她向无害的胸脯,插入有害的尖刀,
尖刀在胸口入了鞘,灵魂从胸口出了鞘;
这一刀使灵魂得救,离开这秽亵监牢,
也就从此摆脱了深重的忧惶困恼;
她声声悔恨的悲叹,送幽魂飞向云霄;
永恒不朽的生命,见人世尘缘已了,
便从她绽裂的伤口,悄悄飞出、潜逃。

为这一惨变所震骇,像化石一般死寂,
柯拉廷和那些贵人,全都愕然僵立;
鲁克丽丝的父亲,看到她鲜血涌溢,
才把他自身投向她那自戕的躯体;
这时候,勃鲁托斯,从那殷红泉源里
拔出了行凶的尖刀——这刀锋刚一拔离,
她的血,好像要报仇,奔出来向它追击。

只见殷红的热血,汩汩地往外直涌,
涌出她的胸前,一边流,一边分成
两股徐缓的血川,环匝了她的周身——
这身躯像一座荒岛,被洪水团团围困,
岛上已洗劫一空,不见居民的踪影。
她的一部分血液,照旧是鲜红纯净,
还有一部分变黑了——那污秽来自塔昆。

凄凄惨惨的黑血,凝固了,不再流荡,

有一圈汪汪的浆液,环绕在它的四旁,①
恰似汪汪的泪水,悲泣那染污的地方;
从此以后,污血,总是要渗出水浆,
仿佛是含泪悯恤鲁克丽丝的祸殃;
未遭沾染的净血,却鲜红浓酽如常,
宛如因见到污秽,不禁羞红了脸庞。

"女儿,亲爱的女儿!"鲁克瑞修斯叫嚷,
"你此刻夺去的生命,原是我的宝藏;
既然父亲的形象存活在孩子身上,
鲁克丽丝不活了,我还活什么名堂?
我把生命传给你,决不是为这般下场!
倘若孩子们反而比老辈更早凋丧,
我们倒像是儿女,他们倒像是爹娘。

"可怜的碎裂镜子! 在你的姣好影像中,②
我常常俨然看到:我又回复了青春;
如今这光洁的明镜,已经是晦暗朦胧,
照出个年久衰残的、形销骨立的鬼影;
你从你的面颊上,摧毁了我的姿容!
这妍丽迷人的宝镜,已被你摔成齑粉,
我年轻时候的丰采,再难向镜里重寻。

---

① "浆液"指血清。血液凝结时,血清从凝固的血块分离出来。下文的"渗出'水浆"亦指此。
② "镜子",指鲁克丽丝的容貌。儿女的容貌往往反映出父母年轻时的容貌,所以喻之为镜子。作者的十四行诗第 3 首第 9—10 行也有类似的说法。

"若是理应后死的,反而先行凋殒,
时间呵,你也完结吧,立即终止运行!
难道腐恶的死亡,该征服少壮的生命,
却让摇摇欲坠的、孱弱的生命留存?
衰老的蜜蜂死去,蜂房让壮蜂管领;
那么,鲁克丽丝呵,苏生吧,快快苏生,
活下去,给我戴孝,莫叫我给你送终!"

直到这时,柯拉廷,恍如从梦中惊醒,
请鲁克瑞修斯让开,好让他尽情悲恸;
于是他倒在冰冷的鲁克丽丝血泊中,
让滚滚泪泉冲洗他凄惶失色的面容,
有一阵,他昏迷不醒,要与她同归于尽;
终于,男儿的羞恶心,促使他恢复镇静,
吩咐他留在人间,为她的惨死雪恨。

柯拉廷心魂深处深不可测的悲愤
拴住了他的舌头,迫使它暗默无声;
舌头嗔怪这悲愤遏制了它的功能,
在好长一段时间里,不让它吐字发音;
如今它开始说起来,来缓解心灵的苦闷;
但纷纭杂沓的细语,密集在他的唇中,
以致他喃喃叨咕的,没有谁能够听清。

但有时分明听到:他透过咬紧的牙齿,

将"塔昆"二字迸出,仿佛要咬碎这名字。
这阵狂暴的悲风,暂时未吹降雨丝,
遏抑着哀痛的潮水,惹得潮水更恣肆。
终于,大雨倾泻,叹息的悲风息止;
于是,丈人和女婿,恸哭着,苦苦争执
谁应该哭得最凶,为女儿还是为妻子。

一个说"她是我女儿",一个说"她是我的妻",
而两个都无法享有他们自许的权益。
"她是我的!"父亲说;"是我的!"丈夫抗议,
"请你不要来侵夺我这悲恸的专利;
哪位哀悼者也别说,他是为她而悲泣;
她只属于我一个:没有旁人,没有你,
只有一个人——柯拉廷,该为她痛哭流涕。"

鲁克瑞修斯哭道:"她太早而又太迟地①
抛洒无余的生命,是我的,是我所赋予。"
"唉唉!"柯拉廷喊着,"她是我的,我的妻,
她所戕杀的生命,是我的,是我所占据。"
"我的女儿!""我的妻!"喧哗着,向空中飘去,
将鲁克丽丝的精魂收容守护的天宇
应答着他们的呼号:"我的女儿!""我的妻!"

从死者身上拔出利刃的勃鲁托斯,

---

① 据普林斯注释,"太迟",指鲁克丽丝未能在塔昆施暴以前死去以保全名节。

看到他们两个这一番惨痛的争执,
便一变愚蒙的故态,显出威严和明智,
在鲁克丽丝伤口里,埋藏了他的伪饰。①
他在罗马人中间,一直被看作愚痴,
好似在帝王身边取笑逗乐的呆子,
只会插科打诨,说些无聊的蠢事。

是深谋远虑的权术,把他巧扮成那样,
把他过人的才智,小心翼翼地掩藏;
如今他一下甩掉了那一套皮相的乔装,
遏止了柯拉廷眼中滔滔奔涌的泪浆。
"振作起来,"他说,"受害的罗马武将!
我这公认的蠢材,不妨现出本相,
让你这精明老练的,来听听我的主张。

"难道苦难,柯拉廷,竟能将苦难解救?
创伤能治愈创伤,哀愁能减却哀愁?
残害你贤妻的恶人,犯下这卑污罪咎,
你给你自己一刀,就算伸雪了冤仇?
这种童稚的气性,出自软弱的心头;
你薄命的夫人错了,错得好没来由:
她不该刺杀自己,该刺杀来犯的敌寇。

---

① "伪饰",指勃鲁托斯伪装痴呆。下节的"巧扮"、"皮相的乔装"亦指此。参看《故事梗概》注释。

"勇武的罗马战将呵,不要把你的心灵
浸没在伤神泄气的、悲恸的泪水之中;
和我一道跪下来,承当起你的责任,
让我们虔心祈祷,呼告罗马的天神;
既然罗马的尊严被这帮恶人污损,
那就请天神俯允:让我们兴动刀兵,
从罗马干净的街衢上,把恶人驱除干净。

"现在,凭着我们崇奉的卡庇托大寺,①
凭着给丰腴大地孳育了五谷的红日,
凭着罗马国土上固有的权益和法制,
凭着鲁克丽丝方才的申诉和嘱示,
凭着她不昧的精魂,这横遭玷辱的血渍,
凭着这血染的尖刀,我们在此宣誓:
要为这忠贞妻子,洗雪这强加的羞耻。"

勃鲁托斯说完了,便举手置于胸次,
亲吻那致命的尖刀,将他的誓词终止;
他敦促在场的人们同他步调一致,
他们全都允诺了,惊诧地向他注视;
于是众人都跪下,矢志共举大事,
勃鲁托斯把方才设下的痛切誓词
重新诵述了一番,众人也跟着起誓。

---

① 卡庇托大寺,罗马卡庇托山上的朱比特神庙。朱比特即乔武,罗马人崇奉的最高天神。

他们以誓言保证:共图大事成功;
决定把鲁克丽丝的遗体抬去游行,
游遍罗马全城,展示这流血的尸身,
这样向市民披露塔昆万恶的行径。
雷厉风行的义举,果然是一呼百应:
激愤的罗马人民,众口一词地赞同
将塔昆和他的家族,永远驱逐出境。

十四行诗

梁宗岱译

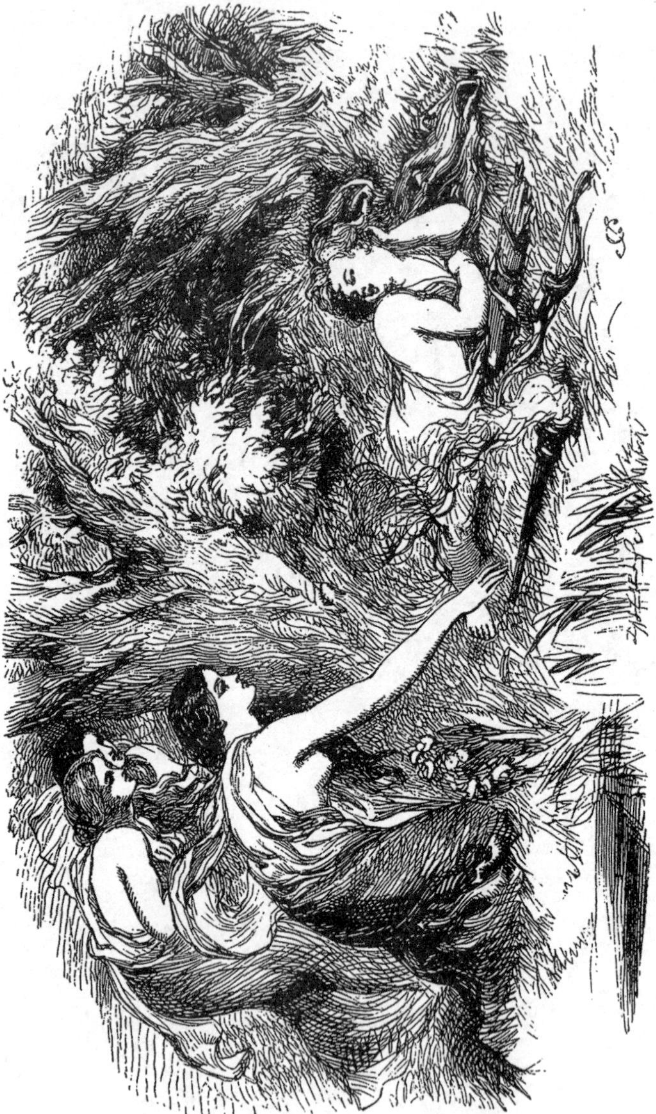

献给下面刊行的十四行诗的

唯一的促成者

W.H.先生

祝他享有一切幸运,并希望

我们的永生的诗人

所预示的

不朽

得以实现。

对他怀着好意

并断然予以

出版的

T. T.

十四行诗

一

对天生的尤物我们要求蕃盛,
以便美的玫瑰永远不会枯死,
但开透的花朵既要及时凋零,
就应把记忆交给娇嫩的后嗣;
但你,只和你自己的明眸定情, 5
把自己当燃料喂养眼中的火焰,
和自己作对,待自己未免太狠,
把一片丰沃的土地变成荒田。
你现在是大地的清新的点缀,
又是锦绣阳春的唯一的前锋, 10
为什么把富源葬送在嫩蕊里,
温柔的鄙夫,要吝啬,反而浪用?
　　可怜这个世界吧,要不然,贪夫,
　　就吞噬世界的份,由你和坟墓。

二

当四十个冬天围攻你的朱颜,
在你美的园地挖下深的战壕,
你青春的华服,那么被人艳羡,
将成褴褛的败絮,谁也不要瞧:
那时人若问起你的美在何处, 5
哪里是你那少壮年华的宝藏,
你说,"在我这双深陷的眼眶里,
是贪婪的羞耻,和无益的颂扬。"
你的美的用途会更值得赞美,
如果你能够说,"我这宁馨小童 10
将总结我的账,宽恕我的老迈,"
证实他的美在继承你的血统!
  这将使你在衰老的暮年更生,
  并使你垂冷的血液感到重温。

三

照照镜子,告诉你那镜中的脸庞,
说现在这庞儿应该另造一副;
如果你不赶快为它重修殿堂,
就欺骗世界,剥掉母亲的幸福。
因为哪里会有女人那么淑贞
她那处女的胎不愿被你耕种?
哪里有男人那么蠢,他竟甘心
做自己的坟墓,绝自己的血统?
你是你母亲的镜子,在你里面
她唤回她的盛年的芳菲四月:
同样,从你暮年的窗你将眺见——
纵皱纹满脸——你这黄金的岁月。
  但是你活着若不愿被人惦记,
   就独自死去,你的肖像和你一起。

四

俊俏的浪子,为什么把你那份
美的遗产在你自己身上耗尽?
造化的馈赠非赐予,她只出赁;
她慷慨,只赁给宽宏大量的人。
那么,美丽的鄙夫,为什么滥用　　　5
那交给你转交给别人的厚礼?
赔本的高利贷者,为什么浪用
那么一笔大款,还不能过日子?
因为你既然只和自己做买卖,
就等于欺骗你那妩媚的自我。　　　10
这样,你将拿什么账目去交代,
当造化唤你回到她怀里长卧?
　　你未用过的美将同你进坟墓;
　　用呢,就活着去执行你的遗嘱。

五

那些时辰曾经用轻盈的细工
织就这众目共注的可爱明眸,
终有天对它摆出魔王的面孔,
把绝代佳丽剎成龙钟的老丑:
因为不舍昼夜的时光把盛夏
带到狰狞的冬天去把它结果;
生机被严霜窒息,绿叶又全下,
白雪掩埋了美,满目是赤裸裸:
那时候如果夏天尚未经提炼,
让它凝成香露锁在玻璃瓶里,
美和美的流泽将一起被截断,
美,和美的记忆都无人再提起:
  但提炼过的花,纵和冬天抗衡,
   只失掉颜色,却永远吐着清芬。

六

那么,别让冬天嶙峋的手抹掉
你的夏天,在你未经提炼之前:
熏香一些瓶子;把你美的财宝
藏在宝库里,趁它还未及消散。
这样的借贷并不是违禁取利, 5
既然它使那乐意纳息的高兴;
这是说你该为你另生一个你,
或者,一个生十,就十倍地幸运;
十倍你自己比你现在更快乐,
如果你有十个儿子来重现你: 10
这样,即使你长辞,死将奈你何,
既然你继续活在你的后裔里?
  别任性:你那么标致,何必甘心
  做死的胜利品,让蛆虫做子孙。

七

看,当普照万物的太阳从东方
抬起了火红的头,下界的眼睛
都对他初升的景象表示敬仰,
用目光来恭候他神圣的驾临;
然后他既登上了苍穹的极峰, 5
像精力饱满的壮年,雄姿英发,
万民的眼睛依旧膜拜他的峥嵘,
紧紧追随着他那疾驰的金驾。
但当他,像耄年拖着尘倦的车轮,
从绝顶颤巍巍地离开了白天, 10
众目便一齐从他下沉的足印
移开它们那原来恭顺的视线。
　　同样,你的灿烂的日中一消逝,
　　你就会悄悄死去,如果没后嗣。

八

我的音乐,为何听音乐会生悲?
甜蜜不相克,快乐使快乐欢笑。
为何爱那你不高兴爱的东西,
或者为何乐于接受你的烦恼?
如果悦耳的声音的完美和谐　　　　　　　5
和亲挚的协调会惹起你烦忧,
它们不过委婉地责备你不该
用独奏窒息你心中那部合奏。
试看这一根弦,另一根的良人,
怎样融洽地互相呼应和振荡;　　　　　　10
宛如父亲、儿子和快活的母亲,
它们联成了一片,齐声在欢唱。
　　它们的无言之歌都异曲同工
　　　对你唱着:"你独身就一切皆空。"

九

是否因为怕打湿你寡妇的眼,
你在独身生活里消磨你自己?
哦,如果你不幸无后离开人间,
世界就要哀哭你,像丧偶的妻。
世界将是你寡妇,她永远伤心
你生前没给她留下你的容貌;
其他的寡妇,靠儿女们的眼睛,
反能把良人的肖像在心里长保。
看吧,浪子在世上的种种浪费
只换了主人,世界仍然在享受;
但美的消耗在人间将有终尾:
留着不用,就等于任由它腐朽。
　　这样的心决不会对别人有爱,
　　既然它那么忍心把自己戕害。

一〇

羞呀，否认你并非不爱任何人，
对待你自己却那么欠缺绸缪。
承认，随你便，许多人对你钟情，
但说你并不爱谁，谁也要点头。
因为怨毒的杀机那么缠住你，　　　　5
你不惜多方设计把自己戕害，
锐意摧残你那座峥嵘的殿宇，
你唯一念头却该是把它重盖。
哦，赶快回心吧，让我也好转意！
难道憎比温婉的爱反得处优？　　　　10
你那么貌美，愿你也一样心慈，
否则至少对你自己也要温柔。
　　另造一个你吧，你若是真爱我，
　　让美在你儿子或你身上永活。

一一

和你一样快地消沉,你的儿子
也将一样快在世界生长起来;
你灌注给青春的这新鲜血液
仍将是你的,当青春把你抛开。
这里面活着智慧、美丽和昌盛;　　　　5
没有这,便是愚蠢、衰老和腐朽:
人人都这样想,就要钟停漏尽,
六十年便足使世界化为乌有。
让那些人生来不配生育传宗,
粗鲁、丑陋和笨拙,无后地死去;　　　10
造化的至宠,她的馈赠也最丰,
该尽量爱惜她这慷慨的赐予:
　　她把你刻做她的印,意思是要
　　你多印几份,并非要毁掉原稿。

一二

当我数着壁上报时的自鸣钟,
见明媚的白昼坠入狰狞的夜,
当我凝望着紫罗兰老了春容,
青丝的卷发遍洒着皑皑白雪;
当我看见参天的树枝叶尽脱,　　　　　5
它不久前曾荫蔽喘息的牛羊;
夏天的青翠一束一束地就缚,
带着坚挺的白须被舁上殓床;
于是我不禁为你的朱颜焦虑:
终有天你要加入时光的废堆,　　　　　10
既然美和芳菲都把自己抛弃,
眼看着别人生长自己却枯萎;
　　没什么抵挡得住时光的毒手,
　　除了生育,当他来要把你拘走。

一三

哦,但愿你是你自己,但爱呀,你
终非你有,当你不再活在世上:
对这将临的日子你得要准备,
快交给别人你那俊秀的肖像。
这样,你所租赁的朱颜就永远　　　　5
不会有满期;于是你又将变成
你自己,当你已经离开了人间,
既然你儿子保留着你的倩影。
谁肯让一座这样的华厦倾颓,
如果小心地看守便可以维护　　　　10
它的光彩,去抵抗隆冬的狂吹
和那冷酷的死神无情的暴怒?
　　哦,除非是浪子;我爱呀,你知道
　　你有父亲;让你儿子也可自豪。

一四

并非从星辰我采集我的推断；
可是我以为我也精通占星学，
但并非为了推算气运的通塞，
以及饥荒、瘟疫或四时的风色；
我也不能为短促的时辰算命， 5
指出每个时辰的雷电和风雨，
或为国王占卜流年是否亨顺，
依据我常从上苍探得的天机。
我的术数只得自你那双明眸，
恒定的双星，它们预兆这吉祥： 10
只要你回心转意肯储蓄传后，
真和美将双双偕你永世其昌。
　　要不然关于你我将这样昭示：
　　你的末日也就是真和美的死。

一五

当我默察一切活泼泼的生机
保持它们的芳菲都不过一瞬,
宇宙的舞台只搬弄一些把戏
被上苍的星宿在冥冥中牵引;
当我发觉人和草木一样蕃衍,
任同一的天把他鼓励和阻挠,
少壮时欣欣向荣,盛极又必反,
繁华和璀璨都被从记忆抹掉;
于是这一切奄忽浮生的征候
便把妙龄的你在我眼前呈列,
眼见残暴的时光与腐朽同谋,
要把你青春的白昼化作黑夜;
  为了你的爱我将和时光争持:
  他摧折你,我要把你重新接枝。

一六

但是为什么不用更凶的法子
去抵抗这血淋淋的魔王——时光？
不用比我的枯笔吉利的武器，
去防御你的衰朽，把自己加强？
你现在站在黄金时辰的绝顶， 5
许多少女的花园，还未经播种，
贞洁地切盼你那绚烂的群英，
比你的画像更酷肖你的真容：
只有生命的线能把生命重描；
时光的画笔，或者我这枝弱管， 10
无论内心的美或外貌的姣好，
都不能使你在人们眼前活现。
　　献出你自己依然保有你自己，
　　　而你得活着，靠你自己的妙笔。

一七

未来的时代谁会相信我的诗,
如果它充满了你最高的美德?
虽然,天知道,它只是一座墓地
埋着你的生命和一半的本色。
如果我写得出你美目的流盼, 5
用清新的韵律细数你的秀妍,
未来的时代会说:"这诗人撒谎:
这样的天姿哪里会落在人间!"
于是我的诗册,被岁月所熏黄,
就要被人藐视,像饶舌的老头; 10
你的真容被诬作诗人的疯狂,
以及一支古歌的夸张的节奏:
  但那时你若有个儿子在人世,
  你就活两次:在他身上,在诗里。

一八

我怎么能够把你来比作夏天？
你不独比它可爱也比它温婉：
狂风把五月宠爱的嫩蕊作践，
夏天出赁的期限又未免太短：
天上的眼睛有时照得太酷烈， 5
它那炳耀的金颜又常遭掩蔽：
被机缘或无常的天道所摧折，
没有芳艳不终于凋残或销毁。
但是你的长夏永远不会凋落，
也不会损失你这皎洁的红芳， 10
或死神夸口你在他影里漂泊，
当你在不朽的诗里与时同长。
  只要一天有人类，或人有眼睛，
   这诗将长存，并且赐给你生命。

一九

饕餮的时光,去磨钝雄狮的爪,
命大地吞噬自己宠爱的幼婴,
去猛虎的颚下把它利牙拔掉,
焚毁长寿的凤凰,灭绝它的种,
使季节在你飞逝时或悲或喜;
而且,捷足的时光,尽肆意摧残
这大千世界和它易谢的芳菲;
只有这极恶大罪我禁止你犯:
哦,别把岁月刻在我爱的额上,
或用古老的铁笔乱画下皱纹:
在你的飞逝里不要把它弄脏,
好留给后世永作美丽的典型。

　　但,尽管猖狂,老时光,凭你多狠,
　　我的爱在我诗里将万古长青。

二〇

你有副女人的脸,由造化亲手
塑就,你,我热爱的情妇兼情郎;
有颗女人的温婉的心,但没有
反复和变幻,像女人的假心肠;
眼睛比她明媚,又不那么造作, 5
流盼把一切事物都镀上黄金;
绝世的美色,驾驭着一切美色,
既使男人晕眩,又使女人震惊。
开头原是把你当女人来创造:
但造化塑造你时,不觉着了迷, 10
误加给你一件东西,这就剥掉
我的权利——这东西对我毫无意义。
 但造化造你既专为女人愉快,
  让我占有,而她们享受,你的爱。

二一

我的诗神①并不像那一位诗神
只知运用脂粉涂抹他的诗句,
连苍穹也要搬下来作妆饰品,
罗列每个佳丽去赞他的佳丽,
用种种浮夸的比喻作成对偶,   5
把他比太阳、月亮、海陆的瑰宝,
四月的鲜花,和这浩荡的宇宙
蕴藏在它的怀里的一切奇妙。
哦,让我既真心爱,就真心歌唱,
而且,相信我,我的爱可以媲美   10
任何母亲的儿子,虽然论明亮
比不上挂在天空的金色烛台。
 谁喜欢空话,让他尽说个不穷;
 我志不在出售,自用不着祷颂。

---

① 诗神:即诗人,故下面用男性代词"他"字。

二二

这镜子决不能使我相信我老,
只要大好韶华和你还是同年;
但当你脸上出现时光的深槽,
我就盼死神来了结我的天年。
因为那一切妆点着你的美丽　　　　5
都不过是我内心的表面光彩;
我的心在你胸中跳动,正如你
在我的:那么,我怎会比你先衰?
哦,我的爱呵,请千万自己珍重,
像我珍重自己,乃为你,非为我。　　　10
怀抱着你的心,我将那么郑重,
像慈母防护着婴儿遭受病魔。
　　别侥幸独存,如果我的心先碎;
　　你把心交我,并非为把它收回。

二三

仿佛舞台上初次演出的戏子
慌乱中竟忘记了自己的角色,
又像被触犯的野兽满腔怒气,
它那过猛的力量反使它胆怯;
同样,缺乏着冷静,我不觉忘掉
举行爱情的仪节的彬彬盛典,
被我爱情的过度重量所压倒,
在我自己的热爱中一息奄奄。
哦,请让我的诗篇做我的辩士,
替我把缠绵的衷曲默默诉说,
它为爱情申诉,并希求着赏赐,
多于那对你絮絮不休的狡舌:
　　请学会去读缄默的爱的情书,
　　用眼睛来听原属于爱的妙术。

二四

我眼睛扮作画家,把你的肖像
描画在我的心版上,我的肉体
就是那嵌着你的姣颜的镜框,
而画家的无上的法宝是透视。
你要透过画家的巧妙去发见　　　　5
那珍藏你的奕奕真容的地方;
它长挂在我胸内的画室中间,
你的眼睛却是画室的玻璃窗。
试看眼睛多么会帮眼睛的忙:
我的眼睛画你的像,你的却是　　　10
开向我胸中的窗,从那里太阳
喜欢去偷看那藏在里面的你。
　　可是眼睛的艺术终欠这高明:
　　它只能画外表,却不认识内心。

二五

让那些人（他们既有吉星高照）
到处夸说他们的显位和高官，
至于我，命运拒绝我这种荣耀，
只暗中独自赏玩我心里所欢。
王公的宠臣舒展他们的金叶 5
不过像太阳眷顾下的金盏花，
他们的骄傲在自己身上消灭，
一蹙额便足凋谢他们的荣华。
转战沙场的名将不管多功高，
百战百胜后只要有一次失手， 10
便从功名册上被人一笔勾销，
毕生的勋劳只落得无声无臭：
 那么，爱人又被爱，我多么幸福！
 我既不会迁徙，又不怕被驱逐。

二六

我爱情的至尊,你的美德已经
使我这藩属加强对你的拥戴,
我现在寄给你这诗当作使臣,
去向你述职,并非要向你炫才。
职责那么重,我又才拙少俊语,　　　　5
难免要显得赤裸裸和你相见,
但望你的妙思,不嫌它太粗鄙,
在你灵魂里把它的赤裸裸遮掩;
因而不管什么星照引我前程,
都对我露出一副和悦的笑容,　　　　10
把华服加给我这寒伧的爱情,
使我配得上你那缱绻的恩宠。
　　那时我才敢对你夸耀我的爱,
　　否则怕你考验我,总要躲起来。

二七

精疲力竭,我赶快到床上躺下,
去歇息我那整天劳顿的四肢;
但马上我的头脑又整装出发,
以劳我的心,当我身已得休息。
因为我的思想,不辞离乡背井,   5
虔诚地趱程要到你那里进香,
睁大我这双沉沉欲睡的眼睛,
向着瞎子看得见的黑暗凝望;
不过我的灵魂,凭着它的幻眼,
把你的倩影献给我失明的双眸,   10
像颗明珠在阴森的夜里高悬,
变老丑的黑夜为明丽的白昼。
    这样,日里我的腿,夜里我的心,
      为你、为我自己,都得不着安宁。

二八

那么,我怎么能够喜洋洋归来,
既然得不着片刻身心的安息?
当白天的压逼入夜并不稍衰,
只是夜继日、日又继夜地压逼?
日和夜平时虽事事各不相下,   5
却互相携手来把我轮流挫折,
一个用跋涉,一个却呶呶怒骂,
说我离开你更远,虽整天跋涉。
为讨好白天,我告它你是光明,
在阴云密布时你将把它映照。   10
我又这样说去讨黑夜的欢心:
当星星不眨眼,你将为它闪耀。
    但天天白天尽拖长我的苦痛,
    夜夜黑夜又使我的忧思转凶。

二九

当我受尽命运和人们的白眼,
暗暗地哀悼自己的身世飘零,
徒用呼吁去干扰聋聩的昊天,
顾盼着身影,诅咒自己的生辰,
愿我和另一个一样富于希望,
面貌相似,又和他一样广交游,
希求这人的渊博,那人的内行,
最赏心的乐事觉得最不对头;
可是,当我正要这样看轻自己,
忽然想起了你,于是我的精神,
便像云雀破晓从阴霾的大地
振翮上升,高唱着圣歌在天门:
　　一想起你的爱使我那么富有,
　　和帝王换位我也不屑于屈就。

三○

当我传唤对已往事物的记忆
出庭于那馨香的默想的公堂,
我不禁为命中许多缺陷叹息,
带着旧恨,重新哭蹉跎的时光;
于是我可以淹没那枯涸的眼,
为了那些长埋在夜台的亲朋,
哀悼着许多音容俱渺的美艳,
痛哭那情爱久已勾销的哀痛:
于是我为过去的惆怅而惆怅,
并且一一细算,从痛苦到痛苦,
那许多呜咽过的呜咽的旧账,
仿佛还未付过,现在又来偿付。
 　　但是只要那刻我想起你,挚友,
 　　损失全收回,悲哀也化为乌有。

三一

你的胸怀有了那些心而越可亲
（它们的消逝我只道已经死去）；
原来爱,和爱的一切可爱部分,
和埋掉的友谊都在你怀里藏住。
多少为哀思而流的圣洁泪珠   5
那虔诚的爱曾从我眼睛偷取
去祭奠死者！我现在才恍然大悟
他们只离开我去住在你的心里。
你是座收藏已往恩情的芳塚,
满挂着死去的情人的纪念牌,   10
他们把我的馈赠尽向你呈贡,
你独自享受许多人应得的爱。
    在你身上我瞥见他们的倩影,
    而你,他们的总和,尽有我的心。

三二

倘你活过我踌躇满志的大限,
当鄙夫"死神"用黄土把我掩埋,
偶然重翻这拙劣可怜的诗卷,
你情人生前写来献给你的爱,
把它和当代俊逸的新诗相比, 5
发觉它的词笔处处都不如人,
请保留它专为我的爱,而不是
为那被幸运的天才凌驾的韵。
哦,那时候就请赐给我这爱思:
"要是我朋友的诗神与时同长, 10
他的爱就会带来更美的产儿,
可和这世纪任何杰作同俯仰:
　　但他既死去,诗人们又都迈进,
　　我读他们的文采,却读他的心。"

三三

多少次我曾看见灿烂的朝阳
用他那至尊的眼媚悦着山顶,
金色的脸庞吻着青碧的草场,
把黯淡的溪水镀成一片黄金:
然后蓦地任那最卑贱的云彩　　　　5
带着黑影驰过他神圣的霁颜,
把他从这凄凉的世界藏起来,
偷移向西方去掩埋他的污点;
同样,我的太阳曾在一个清朝
带着辉煌的光华临照我前额;　　　　10
但是唉!他只一刻是我的荣耀,
下界的乌云已把他和我遮隔。
　　我的爱却并不因此把他鄙贱,
　　天上的太阳有瑕疵,何况人间!

三四

为什么预告那么璀璨的日子，
哄我不携带大衣便出来游行，
让鄙贱的乌云中途把我侵袭，
用臭腐的烟雾遮蔽你的光明？ 5
你以为现在冲破乌云来晒干
我脸上淋漓的雨点便已满足？
须知无人会赞美这样的药丹：
只能医治创伤，但洗不了耻辱。
你的愧赧也无补于我的心疼； 10
你虽已忏悔，我依然不免损失：
对于背着耻辱的十字架的人，
冒犯者引咎只是微弱的慰藉。
 唉，但你的爱所流的泪是明珠，
 它们的富丽够赎你的罪有余。

三五

别再为你冒犯我的行为痛苦:
玫瑰花有刺,银色的泉有烂泥,
乌云和蚀把太阳和月亮玷污,
可恶的毛虫把香的嫩蕊盘踞。
每个人都有错,我就犯了这点: 5
运用种种比喻来解释你的恶,
弄脏我自己来洗涤你的罪愆,
赦免你那无可赦免的大错过。
因为对你的败行我加以谅解——
你的原告变成了你的辩护士—— 10
我对你起诉,反而把自己出卖:
爱和憎老在我心中互相排挤,
  以致我不得不变成你的助手
  去帮你劫夺我,你,温柔的小偷!

三六

让我承认我们俩一定要分离,
尽管我们那分不开的爱是一体:
这样,许多留在我身上的瑕疵,
将不用你分担,由我独自承起。
你我的相爱全出于一片至诚, 5
尽管不同的生活把我们隔开,
这纵然改变不了爱情的真纯,
却偷掉许多密约佳期的欢快。
我再也不会高声认你做知己,
生怕我可哀的罪过使你含垢, 10
你也不能再当众把我来赞美,
除非你甘心使你的名字蒙羞。
  可别这样做;我既然这样爱你,
  你是我的,我的荣光也属于你。

三七

像一个衰老的父亲高兴去看
活泼的儿子表演青春的伎俩,
同样,我,受了命运的恶毒摧残,
从你的精诚和美德找到力量。
因为,无论美、门第、财富或才华, 5
或这一切,或其一,或多于这一切,
在你身上登峰造极,我都把
我的爱在你这个宝藏上嫁接。
那么,我并不残废、贫穷、被轻藐,
既然这种种幻影都那么充实, 10
使我从你的富裕得满足,并倚靠
你的光荣的一部分安然度日。

　　看,生命的至宝,我暗祝你尽有:
　　既有这心愿,我便十倍地无忧。

三八

我的诗神怎么会找不到诗料,
当你还呼吸着,灌注给我的诗
以你自己的温馨题材——那么美妙
绝不是一般俗笔所能够抄袭?
哦,感谢你自己吧,如果我诗中　　　　5
有值得一读的献给你的目光:
哪里有哑巴,写到你,不善祷颂——
既然是你自己照亮他的想象?
做第十位艺神吧,你要比凡夫
所祈求的古代九位高明得多;　　　　10
有谁向你呼吁,就让他献出
一些可以传久远的不朽诗歌。
　　我卑微的诗神如可取悦于世,
　　痛苦属于我,所有赞美全归你。

三九

哦,我怎能不越礼地把你歌颂,
当我的最优美部分全属于你?
赞美我自己对我自己有何用?
赞美你岂不等于赞美我自己?
就是为这点我们也得要分手,
使我们的爱名义上各自独处,
以便我可以,在这样分离之后,
把你该独得的赞美全部献出。
别离呵!你会给我多大的痛创,
倘若你辛酸的闲暇不批准我
拿出甜蜜的情思来款待时光,
用甜言把时光和相思蒙混过——
　　如果你不教我怎样化一为二,
　　使我在这里赞美远方的人儿!

四〇

夺掉我的爱,爱呵,请通通夺去;
看看比你已有的能多些什么?
没什么,爱呵,称得上真情实意;
我所爱早属你,纵使不添这个。
那么,你为爱我而接受我所爱,   5
我不能对你这享受加以责备;
但得受责备,若甘心自我欺绐,
你故意贪尝不愿接受的东西。
我可以原谅你的掠夺,温柔贼,
虽然你把我仅有的通通偷走;   10
可是,忍受爱情的暗算,爱晓得,
比憎恨的明伤是更大的烦忧。
    风流的妩媚,连你的恶也妩媚,
    尽管毒杀我,我们可别相仇视。

四一

你那放荡不羁所犯的风流罪
（当我有时候远远离开你的心）
与你的美貌和青春那么相配,
无论到哪里,诱惑都把你追寻。
你那么温文,谁不想把你夺取？　　　　　5
那么姣好,又怎么不被人围攻？
而当女人追求,凡女人的儿子
谁能坚苦挣扎,不向她怀里送？
唉！但你总不必把我的位儿占,
并斥责你的美丽和青春的迷惑：　　　　10
它们引你去犯那么大的狂乱,
使你不得不撕毁了两重誓约：
　　　她的,因为你的美诱她去就你；
　　　你的,因为你的美对我失信义。

四二

你占有她,并非我最大的哀愁,
可是我对她的爱不能说不深;
她占有你,才是我主要的烦忧,
这爱情的损失更能使我伤心。
爱的冒犯者,我这样原谅你们: 5
你所以爱她,因为晓得我爱她;
也是为我的原故她把我欺瞒,
让我的朋友替我殷勤款待她。
失掉你,我所失是我情人所获,
失掉她,我朋友却找着我所失; 10
你俩互相找着,而我失掉两个,
两个都为我的原故把我磨折:
  但这就是快乐:你和我是一体;
  甜蜜的阿谀!她却只爱我自己。

四三

我眼睛闭得最紧,看得最明亮:
它们整天只看见无味的东西;
而当我入睡,梦中却向你凝望,
幽暗的火焰,暗地里放射幽辉。
你的影子既能教黑影放光明, 5
对闭上的眼照耀得那么辉煌,
你影子的形会形成怎样的美景,
在清明的白天里用更清明的光!
我的眼睛,我说,会感到多幸运
若能够凝望你在光天化日中, 10
既然在死夜里你那不完全的影
对酣睡中闭着的眼透出光容!
　　天天都是黑夜一直到看见你,
　　夜夜是白天当好梦把你显示!

四四

假如我这笨拙的体质是思想，
不做美的距离就不能阻止我，
因为我就会从那迢迢的远方，
无论多隔绝，被带到你的寓所。
那么，纵使我的腿站在那离你
最远的天涯，对我有什么妨碍？
空灵的思想无论想到达哪里，
它立刻可以飞越崇山和大海。
但是唉，这思想毒杀我：我并非思想，
能飞越辽远的万里当你去后；
而只是满盛着泥水的钝皮囊，
就只好用悲泣去把时光伺候；
  这两种重浊的元素毫无所赐
  除了眼泪，二者的苦恼的标志。

四五

其余两种,轻清的风,净化的火,
一个是我的思想,一个是欲望,
都是和你一起,无论我居何所;
它们又在又不在,神速地来往。
因为,当这两种较轻快的元素　　　　　5
带着爱情的温柔使命去见你,
我的生命,本赋有四大,只守住
两个,就不胜其忧郁,奄奄待毙;
直到生命的结合得完全恢复
由于这两个敏捷使者的来归。　　　　10
它们现正从你那里回来,欣悉
你起居康吉,在向我欣欣告慰。
　　说完了,我乐,可是并不很长久,
　　我打发它们回去,马上又发愁。

四六

我的眼和我的心在作殊死战,
怎样去把你姣好的容貌分赃;
眼儿要把心和你的形象隔断,
心儿又不甘愿把这权利相让。
心儿声称你在它的深处潜隐, 5
从没有明眸闯得进它的宝箱;
被告却把这申辩坚决地否认,
说是你的倩影在它里面珍藏。
为解决这悬案就不得不邀请
我心里所有的住户——思想——协商; 10
它们的共同的判词终于决定
明眸和亲挚的心应得的分量
  如下:你的仪表属于我的眼睛,
  而我的心占有你心里的爱情。

四七

现在我的眼和心缔结了同盟,
为的是互相帮忙和互相救济:
当眼儿渴望要一见你的尊容,
或痴情的心快要给叹气窒息,
眼儿就把你的画像大摆筵桌, 5
邀请心去参加这图画的盛宴;
有时候眼睛又是心的座上客,
去把它缱绻的情思平均分沾:
这样,或靠你的像或我的依恋,
你本人虽远离还是和我在一起; 10
你不能比我的情思走得更远,
我老跟着它们,它们又跟着你;
  或者,它们倘睡着,我眼中的像
   就把心唤醒,使心和眼都舒畅。

四八

我是多么小心,在未上路之前,
为了留以备用,把琐碎的事物
一一锁在箱子里,使得到保险,
不致被一些奸诈的手所亵渎!
但你,比起你来珠宝也成废品, 5
你,我最亲最好和唯一的牵挂,
无上的慰安(现在是最大的伤心)
却留下来让每个扒手任意拿。
我没有把你锁进任何保险箱,
除了你不在的地方,而我觉得 10
你在,那就是我的温暖的心房,
从那里你可以随便进进出出;
 就是在那里我还怕你被偷走:
 看见这样珍宝,忠诚也变扒手。

四九

为抵抗那一天,要是终有那一天,
当我看见你对我的缺点蹙额,
当你的爱已花完最后一文钱,
被周详的顾虑催去清算账目;
为抵抗那一天,当你像生客走过,
不用那太阳——你眼睛——向我致候,
当爱情,已改变了面目,要搜罗
种种必须决绝的庄重的理由;
为抵抗那一天我就躲在这里,
在对自己的恰当评价内安身,
并且高举我这只手当众宣誓,
为你的种种合法的理由保证:
　　抛弃可怜的我,你有法律保障,
　　既然为什么爱,我无理由可讲。

五〇

多么沉重地我在旅途上跋涉,
当我的目的地(我倦旅的终点)
唆使安逸和休憩这样对我说:
"你又离开了你的朋友那么远!"
那驮我的畜牲,经不起我的忧厄,　　　　5
驮着我心里的重负慢慢地走,
仿佛这畜牲凭某种本能晓得
它主人不爱快,因为离你远游:
有时恼怒用那血淋淋的靴钉
猛刺它的皮,也不能把它催促;　　　　10
它只是沉重地报以一声呻吟,
对于我,比刺它的靴钉还要残酷,
　　因为这呻吟使我省悟和熟筹:
　　我的忧愁在前面,快乐在后头。

五一

这样,我的爱就可原谅那笨兽
(当我离开你),不嫌它走得太慢:
从你所在地我何必匆匆跑走?
除非是归来,绝对不用把路赶。
那时可怜的畜牲怎会得宽容,
当极端的迅速还要显得迟钝?
那时我就要猛刺,纵使在御风,
如飞的速度我只觉得是停顿:
那时就没有马能和欲望齐驱;
因此,欲望,由最理想的爱构成,
就引颈长嘶,当它火似的飞驰;
但爱,为了爱,将这样饶恕那畜牲:
  既然别你的时候它有意慢走,
  归途我就下来跑,让它得自由。

五二

我像那富翁,他那幸运的钥匙
能把他带到他的心爱的宝藏,
可是他并不愿时常把它启视,
以免磨钝那难得的锐利的快感。
所以过节是那么庄严和希有,　　　　5
因为在一年中仅疏疏地来临,
就像宝石在首饰上稀稀嵌就,
或大颗的珍珠在璎珞上晶莹。
同样,那保存你的时光就好像
我的宝箱,或装着华服的衣橱,　　　10
以便偶一重展那被囚的宝光,
使一些幸福的良辰分外幸福。
　　你真运气,你的美德能够使人
　　有你,喜洋洋,你不在,不胜憧憬。

五三

你的本质是什么,用什么造成,
使得万千个倩影都追随着你?
每人都只有一个,每人,一个影;
你一人,却能幻作千万个影子。
试为阿都尼写生,他的画像
不过是模仿你的拙劣的赝品;
尽量把美容术施在海伦颊上,
便是你披上希腊妆的新的真身。
一提起春的明媚和秋的丰饶,
一个把你的绰约的倩影显示,
另一个却是你的慷慨的写照;
一切天生的俊秀都蕴含着你。
　　一切外界的妩媚都有你的份,
　　但谁都没有你那颗坚贞的心。

五四

哦,美看起来要更美得多少倍,
若再有真加给它温馨的装潢!
玫瑰花很美,但我们觉得它更美,
因为它吐出一缕甜蜜的芳香。
野蔷薇的姿色也是同样旖旎,　　　　　5
比起玫瑰的芳馥四溢的姣颜,
同挂在树上,同样会搔首弄姿,
当夏天呼吸使它的嫩蕊轻展:
但它们唯一的美德只在色相,
开时无人眷恋,萎谢也无人理;　　　　10
寂寞地死去。香的玫瑰却两样;
她那温馨的死可以酿成香液:
　　你也如此,美丽而可爱的青春,
　　当韶华凋谢,诗提取你的纯精。

五五

没有云石或王公们金的墓碑
能够和我这些强劲的诗比寿;
你将永远闪耀于这些诗篇里,
远胜过那被时光涂脏的石头。
当着残暴的战争把铜像推翻, 5
或内讧把城池荡成一片废墟,
无论战神的剑或战争的烈焰
都毁不掉你的遗芳的活历史。
突破死亡和湮没一切的仇恨,
你将昂然站起来:对你的赞美 10
将在万世万代的眼睛里彪炳,
直到这世界消耗完了的末日。
　　这样,直到最后审判把你唤醒,
　　你长在诗里和情人眼里辉映。

五六

温柔的爱,恢复你的劲:别被说
你的刀锋赶不上食欲那样快,
食欲只今天饱餐后暂觉满足,
到明天又照旧一样饕餮起来:
愿你,爱呵,也一样:你那双饿眼　　　　5
尽管今天已饱看到腻得直眨,
明天还得看,别让长期的瘫痪
把那爱情的精灵活生生窒煞:
让这凄凉的间歇恰像那隔断
两岸的海洋,那里一对情侣　　　　　　10
每天到岸边相会,当他们看见
爱的来归,心里感到加倍欢愉;
　　　否则,唤它做冬天,充满了忧悒,
　　　使夏至三倍受欢迎,三倍希奇。

五七

既然是你奴隶,我有什么可做,
除了时时刻刻伺候你的心愿?
我毫无宝贵的时间可消磨,
也无事可做,直到你有所驱遣。
我不敢骂那绵绵无尽的时刻,
当我为你,主人,把时辰来看守;
也不敢埋怨别离是多么残酷,
在你已经把你的仆人辞退后;
也不敢用妒忌的念头去探索
你究竟在哪里,或者为什么忙碌,
只是,像个可怜的奴隶,呆想着
你所在的地方,人们会多幸福。
　　爱这呆子是那么无救药的呆
　　凭你为所欲为,他都不觉得坏。

五八

那使我做你奴隶的神不容我,
如果我要管制你行乐的时光,
或者清算你怎样把日子消磨,
既然是奴隶,就得听从你放浪:
让我忍受,既然什么都得依你, 5
你那自由的离弃(于我是监牢);
让忍耐,惯了,接受每一次申斥,
绝不会埋怨你对我损害分毫。
无论你高兴到哪里,你那契约
那么有效,你自有绝对的主权 10
去支配你的时间;你犯的罪过
你也有主权随意把自己赦免。
　　我只能等待,虽然等待是地狱,
　　不责备你行乐,任它是善或恶。

五九

如果天下无新事,现在的种种
从前都有过,我们的头脑多上当,
当它苦心要创造,却怀孕成功
一个前代有过的婴孩的重担!
哦,但愿历史能用回溯的眼光　　　5
(纵使太阳已经运行了五百周),
在古书里对我显示你的肖像,
自从心灵第一次写成了句读!——
让我晓得古人曾经怎样说法,
关于你那雍容的体态的神奇;　　　10
是我们高明,还是他们优越,
或者所谓演变其实并无二致。
　　哦,我敢肯定,不少才子在前代
　　曾经赞扬过远不如你的题材。

六〇

像波浪滔滔不息地滚向沙滩：
我们的光阴息息奔赴着终点；
后浪和前浪不断地循环替换，
前推后拥，一个个在奋勇争先。
生辰，一度涌现于光明的金海，
爬行到壮年，然后，既登上极顶，
凶冥的日食便遮没它的光彩，
时光又撕毁了它从前的赠品。
时光戳破了青春颊上的光艳，
在美的前额挖下深陷的战壕，
自然的至珍都被它肆意狂啖，
一切挺立的都难逃它的镰刀：
  可是我的诗未来将屹立千古，
   歌颂你的美德，不管它多残酷！

六一

你是否故意用影子使我垂垂
欲闭的眼睛睁向厌厌的长夜?
你是否要我辗转反侧不成寐,
用你的影子来玩弄我的视野?
那可是从你那里派来的灵魂 5
远离了家园,来刺探我的行为,
来找我的荒废和耻辱的时辰,
和执行你的妒忌的职权和范围?
不呀!你的爱,虽多,并不那么大:
是我的爱使我张开我的眼睛, 10
是我的真情把我的睡眠打垮,
为你的缘故一夜守候到天明!
  我为你守夜,而你在别处清醒,
   远远背着我,和别人却太靠近。

六二

自爱这罪恶占据着我的眼睛,
我整个的灵魂和我身体各部;
而对这罪恶什么药石都无灵,
在我心内扎根扎得那么深固。
我相信我自己的眉目最秀丽,　　　　5
态度最率真,胸怀又那么俊伟;
我的优点对我这样估计自己:
不管哪一方面我都出类拔萃。
但当我的镜子照出我的真相,
全被那焦黑的老年剁得稀烂,　　　　10
我对于自爱又有相反的感想:
这样溺爱着自己实在是罪愆。
　　我歌颂自己就等于把你歌颂,
　　用你的青春来粉刷我的隆冬。

六三

像我现在一样,我爱人将不免
被时光的毒手所粉碎和消耗,
当时辰吮干他的血,使他的脸
布满了皱纹;当他韶年的清朝
已经爬到暮年的巉岩的黑夜,   5
使他所占领的一切风流逸韵
都渐渐消灭或已经全部消灭,
偷走了他的春天所有的至珍;
为那时候我现在就厉兵秣马
去抵抗凶暴时光的残酷利刃,   10
使他无法把我爱的芳菲抹煞,
虽则他能够砍断我爱的生命。
    他的丰韵将在这些诗里现形,
      墨迹长在,而他也将万古长青。

六四

当我眼见前代的富丽和豪华
被时光的手毫不留情地磨灭；
当巍峨的塔我眼见沦为碎瓦，
连不朽的铜也不免一场浩劫；
当我眼见那欲壑难填的大海 5
一步一步把岸上的疆土侵蚀，
汪洋的水又渐渐被陆地覆盖，
失既变成了得，得又变成了失；
当我看见这一切扰攘和废兴，
或者连废兴一旦也化为乌有； 10
毁灭便教我再三这样地反省：
时光终要跑来把我的爱带走。
　　哦，多么致命的思想！它只能够
　　哭着去把那刻刻怕失去的占有。

六五

既然铜、石、或大地、或无边的海,
没有不屈服于那阴惨的无常,
美,她的活力比一朵花还柔脆,
怎能和他那肃杀的严威抵抗?
哦,夏天温馨的呼吸怎能支持　　　　5
残暴的日子刻刻猛烈的轰炸,
当岩石,无论多么险固,或钢扉,
无论多坚强,都要被时光熔化?
哦,骇人的思想!时光的珍饰,唉,
怎能够不被收进时光的宝箱?　　　10
什么劲手能挽他的捷足回来,
或者谁能禁止他把美丽夺抢?
　　哦,没有谁,除非这奇迹有力量:
　　我的爱在翰墨里永久放光芒。

六六

厌了这一切,我向安息的死疾呼,
比方,眼见天才注定做叫化子,
无聊的草包打扮得衣冠楚楚,
纯洁的信义不幸而被人背弃,
金冠可耻地戴在行尸的头上,　　　　5
处女的贞操遭受暴徒的玷辱,
严肃的正义被人非法地诟让,
壮士被当权的跛子弄成残缺,
愚蠢摆起博士架子驾驭才能,
艺术被官府统治得结舌箝口,　　　　10
淳朴的真诚被人瞎称为愚笨,
囚徒"善"不得不把统帅"恶"伺候:
　　厌了这一切,我要离开人寰,
　　但,我一死,我的爱人便孤单。

六七

唉,我的爱为什么要和臭腐同居,
把他的绰约的丰姿让人亵渎,
以至罪恶得以和他结成伴侣,
涂上纯洁的外表来炫耀耳目?
骗人的脂粉为什么要替他写真,   5
从他的奕奕神采偷取死形似?
为什么,既然他是玫瑰花的真身,
可怜的美还要找玫瑰的影子?
为什么他得活着,当造化破了产,
缺乏鲜血去灌注淡红的脉络?   10
因为造化现在只有他作富源,
自夸富有,却靠他的利润过活。
   哦,她珍藏他,为使荒歉的今天
   认识从前曾有过怎样的丰年。

六八

这样,他的朱颜是古代的图志,
那时美开了又谢像今天花一样,
那时冒牌的艳色还未曾出世,
或未敢公然高踞活人的额上,
那时死者的美发,坟墓的财产, 5
还未被偷剪下来,去活第二回
在第二个头上①;那时美的死金鬟
还未被用来使别人显得华贵:
这圣洁的古代在他身上呈现,
赤裸裸的真容,毫无一点铅华, 10
不用别人的青翠做他的夏天,
不掠取旧脂粉妆饰他的鲜花;
  就这样造化把他当图志珍藏,
  让假艺术赏识古代美的真相。

---

① 当时制造假发的人常常买死人的头发作原料。

六九

你那众目共睹的无瑕的芳容,
谁的心思都不能再加以增改;
众口,灵魂的声音,都一致赞同:
赤的真理,连仇人也无法掩盖。
这样,表面的赞扬载满你仪表; 5
但同一声音,既致应有的崇敬,
便另换口吻去把这赞扬勾销,
当心灵看到眼看不到的内心。
它们向你那灵魂的美的海洋
用你的操行作测量器去探究, 10
于是吝啬的思想,眼睛虽大方,
便加给你的鲜花以野草的恶臭:
  为什么你的香味赶不上外观?
  土壤是这样,你自然长得平凡。

七〇

你受人指摘,并不是你的瑕疵,
因为美丽永远是诽谤的对象;
美丽的无上的装饰就是猜疑,
像乌鸦在最晴朗的天空飞翔。
所以,检点些,谗言只能更恭维　　　　5
你的美德,既然时光对你钟情;
因为恶蛆最爱那甜蜜的嫩蕊,
而你的正是纯洁无瑕的初春。
你已经越过年轻日子的埋伏,
或未遭遇袭击,或已克服敌手;　　　　10
可是,对你这样的赞美并不足
堵住那不断扩大的嫉妒的口:
　　若没有猜疑把你的清光遮掩,
　　多少个心灵的王国将归你独占。

七一

我死去的时候别再为我悲哀,
当你听见那沉重凄惨的葬钟
普告给全世界说我已经离开
这龌龊世界去伴最龌龊的虫:
不呀,当你读到这诗,别再记起
那写它的手;因为我爱到这样,
宁愿被遗忘在你甜蜜的心里,
如果想起我会使你不胜哀伤。
如果呀,我说,如果你看见这诗,
那时候或许我已经化作泥土,
连我这可怜的名字也别提起,
但愿你的爱与我的生命同腐。
　　免得这聪明世界猜透你的心,
　　在我死去后把你也当作笑柄。

七二

哦,免得这世界要强逼你自招
我有什么好处,使你在我死后
依旧爱我,爱人呀,把我全忘掉,
因为我一点值得提的都没有;
除非你捏造出一些美丽的谎,
过分为我吹嘘我应有的价值,
把瞑目长眠的我阿谀和夸奖,
远超过鄙吝的事实所愿昭示:
哦,怕你的真爱因此显得虚伪,
怕你为爱的原故替我说假话,
愿我的名字永远和肉体同埋,
免得活下去把你和我都羞煞。

  因为我可怜的作品使我羞惭,
  而你爱不值得爱的,也该愧赧。

七三

在我身上你或许会看见秋天，
当黄叶，或尽脱，或只三三两两
挂在瑟缩的枯枝上索索抖颤——
荒废的歌坛，那里百鸟曾合唱。
在我身上你或许会看见暮霭， 5
它在日落后向西方徐徐消退：
黑夜，死的化身，渐渐把它赶开，
严静的安息笼住纷纭的万类。
在我身上你或许会看见余烬，
它在青春的寒灰里奄奄一息， 10
在惨淡灵床上早晚总要断魂，
给那滋养过它的烈焰所销毁。
　　看见了这些，你的爱就会加强，
　　因为他转瞬要辞你溘然长往。

七四

但是放心吧：当那无情的拘票
终于丝毫不宽假地把我带走，
我的生命在诗里将依然长保，
永生的纪念品，永久和你相守。
当你重读这些诗，就等于重读　　　　　5
我献给你的至纯无二的生命：
尘土只能有它的份，那就是尘土；
灵魂却属你，这才是我的真身。
所以你不过失掉生命的糟粕
（当我肉体死后），恶蛆们的食饵，　　10
无赖的刀下一个怯懦的俘获，
太卑贱的秽物，不配被你记忆。
　　它唯一的价值就在它的内蕴，
　　那就是这诗：这诗将和它长存。

七五

我的心需要你,像生命需要食粮,
或者像大地需要及时的甘霖;
为你的安宁我内心那么凄惶
就像贪夫和他的财富作斗争:
他,有时自夸财主,然后又顾虑
这惯窃的时代会偷他的财宝;
我,有时觉得最好独自伴着你,
忽然又觉得该把你当众夸耀:
有时饱餐秀色后腻到化不开,
渐渐地又饿得慌要瞟你一眼;
既不占有也不追求别的欢快,
除掉那你已施或要施的恩典。
  这样,我整天垂涎或整天不消化,
   我狼吞虎咽,或一点也咽不下。

七六

为什么我的诗那么缺新光彩,
赶不上现代善变多姿的风尚?
为什么我不学时人旁征博采
那竞奇斗艳,穷妍极巧的新腔?
为什么我写的始终别无二致, 5
寓情思旨趣于一些老调陈言,
几乎每一句都说出我的名字,
透露它们的身世,它们的来源?
哦,须知道,我爱呵,我只把你描,
你和爱情就是我唯一的主题; 10
推陈出新是我的无上的诀窍,
我把开支过的,不断重新开支:
　　因为,正如太阳天天新天天旧,
　　我的爱把说过的事絮絮不休。

七七

镜子将告诉你朱颜怎样消逝,
日规怎样一秒秒耗去你的华年;
这白纸所要记录的你的心迹
将教你细细玩味下面的教言。
你的镜子所忠实反映的皱纹
将令你记起那张开口的坟墓;
从日规上阴影的潜移你将认清
时光走向永劫的悄悄的脚步。
看,把记忆所不能保留的东西
交给这张白纸,在那里面你将
看见你精神的产儿受到抚育,
使你重新认识你心灵的本相。
    这些日课,只要你常拿来重温,
      将有利于你,并丰富你的书本。

七八

我常常把你当诗神向你祷告,
在诗里找到那么有力的神助,
以致凡陌生的笔都把我仿效,
在你名义下把他们的诗散布。
你的眼睛,曾教会哑巴们歌唱, 5
曾教会沉重的愚昧高飞上天,
又把新羽毛加给博学的翅膀,
加给温文尔雅以两重的尊严。
可是我的诗应该最使你骄傲,
它们的诞生全在你的感召下: 10
对别人的作品你只润饰格调,
用你的美在他们才华上添花。
　　但对于我,你就是我全部艺术,
　　把我的愚拙提到博学的高度。

七九

当初我独自一个恳求你协助,
只有我的诗占有你一切妩媚;
但现在我清新的韵律既陈腐,
我的病诗神只好给别人让位。
我承认,爱呵,你这美妙的题材   5
值得更高明的笔的精写细描;
可是你的诗人不过向你还债,
他把夺自你的当作他的创造。
他赐你美德,美德这词他只从
你的行为偷取;他加给你秀妍,   10
其实从你颊上得来;他的歌颂
没有一句不是从你身上发见。
  那么,请别感激他对你的称赞,
  既然他只把欠你的向你偿还。

八〇

哦,我写到你的时候多么气馁,
得知有更大的天才利用你名字,
他不惜费尽力气去把你赞美,
使我钳口结舌,一提起你声誉!
但你的价值,像海洋一样无边, 5
不管轻舟或艨艟同样能载起,
我这莽撞的艇,尽管小得可怜,
也向你茫茫的海心大胆行驶。
你最浅的滩濑已足使我浮泛,
而他岸岸然驶向你万顷汪洋; 10
或者,万一覆没,我只是片轻帆,
他却是结构雄伟,气宇轩昂:
 　如果他安全到达,而我遭失败,
 　最不幸的是:毁我的是我的爱。

八一

无论我将活着为你写墓志铭，
或你未亡而我已在地下腐朽，
纵使我已被遗忘得一干二净，
死神将不能把你的忆念夺走。
你的名字将从这诗里得永生，
虽然我，一去，对人间便等于死；
大地只能够给我一座乱葬坟，
而你却将长埋在人们眼睛里。
我这些小诗便是你的纪念碑，
未来的眼睛固然要百读不厌，
未来的舌头也将要传诵不衰，
当现在呼吸的人已瞑目长眠。
　　这强劲的笔将使你活在生气
　　最蓬勃的地方，在人们的嘴里。

八二

我承认你并没有和我的诗神
结同心,因而可以丝毫无愧怍
去俯览那些把你作主题的诗人
对你的赞美,褒奖着每本诗集。
你的智慧和姿色都一样出众, 5
又发觉你的价值比我的赞美高,
因而你不得不到别处去追踪
这迈进时代的更生动的写照。
就这么办,爱呵,但当他们既已
使尽了浮夸的辞藻把你刻画, 10
真美的你只能由真诚的知己
用真朴的话把你真实地表达;
  他们的浓脂粉只配拿去染红
  贫血的脸颊;对于你却是滥用。

八三

我从不觉得你需要涂脂荡粉,
因而从不用脂粉涂你的朱颜;
我发觉,或以为发觉,你的丰韵
远超过诗人献你的无味缱绻:
因此,关于你我的歌只装打盹, 5
好让你自己生动地现身说法,
证明时下的文笔是多么粗笨,
想把美德,你身上的美德增华。
你把我这沉默认为我的罪行,
其实却应该是我最大的荣光; 10
因为我不做声于美丝毫无损,
别人想给你生命,反把你埋葬。
　　你的两位诗人所模拟的赞美,
　　　远不如你一只慧眼所藏的光辉。

八四

谁说得最好?哪个说得更圆满
比起这丰美的赞词:"只有你是你"?
这赞词蕴藏着你的全部资产,
谁和你争妍,就必须和它比拟。
那枝文笔实在是贫瘠得可怜, 5
如果它不能把题材稍事增华;
但谁写到你,只要他能够表现
你就是你,他的故事已够伟大。
让他只照你原稿忠实地直抄,
别把造化的清新的素描弄坏, 10
这样的摹本已显出他的巧妙,
使他的风格到处受人们崇拜。

  你将对你美的祝福加以咒诅:
  太爱人赞美,连美也变成庸俗。

八五

我的缄口的诗神只脉脉无语;
他们对你的美评却累牍连篇,
用金笔刻成辉煌夺目的大字,
和经过一切艺神雕琢的名言。
我满腔热情,他们却善颂善祷;　　　　5
像不识字的牧师只知喊"阿门",
去响应才子们用精炼的笔调
熔铸成的每一首赞美的歌咏。
听见人赞美你,我说,"的确,很对",
凭他们怎样歌颂我总嫌不够;　　　　10
但只在心里说,因为我对你的爱
虽拙于词令,行动却永远带头。
　　那么,请敬他们,为他们的虚文;
　　敬我,为我的哑口无言的真诚。

八六

是否他那雄浑的诗句,昂昂然
扬帆直驶去夺取太宝贵的你,
使我成熟的思想在脑里流产,
把孕育它们的胎盘变成墓地?
是否他的心灵,从幽灵学会写　　　　　5
超凡的警句,把我活生生殒毙?
不,既不是他本人,也不是黑夜
遣送给他的助手,能使我昏迷。
他,或他那个和善可亲的幽灵
(它夜夜用机智骗他),都不能自豪　　10
是他们把我打垮,使我默不作声;
他们的威胁绝不能把我吓倒。
　　但当他的诗充满了你的鼓励,
　　我就要缺灵感;这才使我丧气。

八七

再会吧!你太宝贵了,我无法高攀;
显然你也晓得你自己的身价:
你的价值的证券够把你赎还,
我对你的债权只好全部作罢。
因为,不经你批准,我怎能占有你? 5
我哪有福气消受这样的珍宝?
这美惠对于我既然毫无根据,
便不得不取消我的专利执照。
你曾许了我,因为低估了自己,
不然就错识了我,你的受赐者; 10
因此,你这份厚礼,既出自误会,
就归还给你,经过更好的判决。
  这样,我曾占有你,像一个美梦,
  在梦里称王,醒来只是一场空。

八八

当你有一天下决心瞧我不起,
用侮蔑的眼光衡量我的轻重,
我将站在你那边打击我自己,
证明你贤德,尽管你已经背盟。
对自己的弱点我既那么内行, 5
我将为你的利益捏造我种种
无人觉察的过失,把自己中伤;
使你抛弃了我反而得到光荣:
而我也可以借此而大有收获;
因为我全部情思那么倾向你, 10
我为自己所招惹的一切侮辱
既对你有利,对我就加倍有利。
 我那么衷心属你,我爱到那样,
 为你的美誉愿承当一切诽谤。

八九

说你抛弃我是为了我的过失,
我立刻会对这冒犯加以阐说:
叫我做瘸子,我马上两脚都蹩,
对你的理由绝不作任何反驳。
为了替你的反复无常找借口,
爱呵,凭你怎样侮辱我,总比不上
我侮辱自己来得厉害;既看透
你心肠,我就要绞杀交情,假装
路人避开你;你那可爱的名字,
那么香,将永不挂在我的舌头,
生怕我,太亵渎了,会把它委屈;
万一还会把我们的旧欢泄漏。
　　我为你将展尽辩才反对自己,
　　因为你所憎恶的,我绝不爱惜。

九〇

恨我,倘若你高兴;请现在就开首;
现在,当举世都起来和我作对,
请趁势为命运助威,逼我低头,
别意外地走来作事后的摧毁。
唉,不要,当我的心已摆脱烦恼, 5
来为一个已克服的厄难作殿,
不要在暴风后再来一个雨朝,
把那注定的浩劫的来临拖延。
如果你要离开我,别等到最后,
当其他的烦忧已经肆尽暴虐; 10
请一开头就来:让我好先尝够
命运的权威应有尽有的凶恶。
　　于是别的苦痛,现在显得苦痛,
　　　比起丧失你来便要无影无踪。

九一

有人夸耀门第,有人夸耀技巧,
有人夸耀财富,有人夸耀体力;
有人夸耀新妆,丑怪尽管时髦;
有人夸耀鹰犬,有人夸耀骏骥;
每种嗜好都各饶特殊的趣味,
每一种都各自以为其乐无穷:
可是这些癖好都不合我口味——
我把它们融入更大的乐趣中。
你的爱对我比门第还要豪华,
比财富还要丰裕,比艳妆光彩,
它的乐趣远胜过鹰犬和骏马;
有了你,我便可以笑傲全世界:
　　只有这点可怜:你随时可罢免
　　我这一切,使我成无比的可怜。

九二

但尽管你不顾一切偷偷溜走,
直到生命终点你还是属于我。
生命也不会比你的爱更长久,
因为生命只靠你的爱才能活。
因此,我就不用怕最大的灾害, 5
既然最小的已足置我于死地。
我瞥见一个对我更幸福的境界,
它不会随着你的爱憎而转移:
你的反复再也不能使我颓丧,
既然你一翻脸我生命便完毕。 10
哦,我找到了多么幸福的保障:
幸福地享受你的爱,幸福地死去!
　　但人间哪有不怕玷污的美满?
　　你可以变心肠,同时对我隐瞒。

九三

于是我将活下去,认定你忠贞,
像被骗的丈夫;于是爱的面目
对我仍旧是爱,虽则已翻了新;
眼睛尽望着我,心儿却在别处:
憎恨既无法存在于你的眼里,
我就无法看出你心肠的改变。
许多人每段假情假意的历史
都在颦眉、蹙额或气色上表现;
但上天造你的时候早已注定
柔情要永远在你的脸上逗留;
不管你的心怎样变幻无凭准,
你眼睛只能诉说旖旎和温柔。
  你的妩媚会变成夏娃的苹果,
  如果你的美德跟外表不配合。

九四

谁有力量损害人而不这样干,
谁不做人以为他们爱做的事,
谁使人动情,自己却石头一般,
冰冷、无动于衷,对诱惑能抗拒——
谁就恰当地承受上天的恩宠,   5
善于贮藏和保管造化的财富;
他们才是自己美貌的主人翁,
而别人只是自己姿色的家奴。
夏天的花把夏天熏得多芳馥,
虽然对自己它只自开又自落,   10
但是那花若染上卑劣的病毒,
最贱的野草也比它高贵得多:
    极香的东西一腐烂就成极臭,
    烂百合花比野草更臭得难受。

九五

耻辱被你弄成多温柔多可爱!
恰像馥郁的玫瑰花心的毛虫,
它把你含苞欲放的美名污败!
哦,多少温馨把你的罪过遮蒙!
那讲述你的生平故事的长舌,
想对你的娱乐作淫猥的评论,
只能用一种赞美口气来贬责:
一提起你名字,诬蔑也变谄佞。
哦,那些罪过找到了多大的华厦,
当它们把你挑选来作安乐窝,
在那儿美为污点披上了轻纱,
在那儿触目的一切都变清和!
  警惕呵,心肝,为你这特权警惕;
  最快的刀被滥用也失去锋利!

九六

有人说你的缺点在年少放荡；
有人说你的魅力在年少风流；
魅力和缺点都多少受人赞赏：
缺点变成添在魅力上的锦绣。
宝座上的女王手上戴的戒指， 5
就是最贱的宝石也受人尊重，
同样，那在你身上出现的瑕疵
也变成真理，当作真理被推崇。
多少绵羊会受到野狼的引诱，
假如野狼戴上了绵羊的面目！ 10
多少爱慕你的人会被你拐走，
假如你肯把你全部力量使出！
　　可别这样做；我既然这样爱你，
　　你是我的，我的光荣也属于你。

九七

离开了你,日子多么像严冬,
你,飞逝的流年中唯一的欢乐!
天色多阴暗!我又受尽了寒冻!
触目是龙钟腊月的一片萧索!
可是别离的时期恰好是夏日;
和膨胀着累累的丰收的秋天,
满载着青春的淫荡结下的果实,
好像怀胎的新寡妇,大腹便便:
但是这累累的丰收,在我看来,
只能成无父孤儿和乖异的果;
因夏天和它的欢娱把你款待,
你不在,连小鸟也停止了唱歌;
  或者,即使它们唱,声调那么沉,
  树叶全变灰了,生怕冬天降临。

九八

我离开你的时候正好是春天,
当绚烂的四月,披上新的锦袄,
把活泼的春心给万物灌注遍,
连沉重的土星①也跟着笑和跳。
可是无论小鸟的歌唱,或万紫　　　　　　5
千红、芬芳四溢的一簇簇鲜花,
都不能使我诉说夏天的故事,
或从烂漫的山洼把它们采掐:
我也不羡慕那百合花的洁白,
也不赞美玫瑰花的一片红晕;　　　　　　10
它们不过是香,是悦目的雕刻,
你才是它们所要摹拟的真身。
　　因此,于我还是严冬,而你不在,
　　像逗着你影子,我逗它们开怀。

---

① 土星在西欧星相学里是沉闷和忧郁的象征。

九九[*]

我对孟浪的紫罗兰这样谴责:
"温柔贼,你哪里偷来这缕温馨,
若不是从我爱的呼息?这紫色
在你的柔颊上抹了一层红晕,
还不是从我爱的血管里染得?"　　　　5
我申斥百合花盗用了你的手,
茉沃兰的蓓蕾偷取你的柔发;
站在刺上的玫瑰花吓得直抖,
一朵羞得通红,一朵绝望到发白,
另一朵,不红不白,从双方偷来;　　　10
还在赃物上添上了你的呼息,
但既犯了盗窃,当它正昂头盛开,
一条怒冲冲的毛虫把它咬死。
　　我还看见许多花,但没有一朵
　　不从你那里偷取芬芳和婀娜。

---

[*] 这首多了一行。

一〇〇

你在哪里，诗神，竟长期忘记掉
把你的一切力量的源头歌唱？
为什么浪费狂热于一些滥调，
消耗你的光去把俗物照亮？
回来吧，健忘的诗神，立刻轻弹　　　　5
宛转的旋律，赎回虚度的光阴；
唱给那衷心爱慕你并把灵感
和技巧赐给你的笔的耳朵听。
起来，懒诗神，检查我爱的秀容，
看时光可曾在那里刻下皱纹；　　　　10
假如有，就要尽量把衰老嘲讽，
使时光的剽窃到处遭人齿冷。
　　快使爱成名，趁时光未下手前，
　　你就挡得住它的风刀和霜剑。

— ○ —

偷懒的诗神呵,你将怎样补救
你对那被美渲染的真的怠慢?
真和美都与我的爱相依相守;
你也一样,要倚靠它才得通显。
说吧,诗神;你或许会这样回答: 5
"真的固定色彩不必用色彩绘;
美也不用翰墨把美的真容画;
用不着搀杂,完美永远是完美。"
难道他不需要赞美,你就不作声?
别替缄默辩护,因为你有力量 10
使他比镀金的坟墓更享遐龄,
并在未来的年代永受人赞扬。
  当仁不让吧,诗神,我要教你怎样
  使他今后和现在一样受景仰。

一〇二

我的爱加强了，虽然看来更弱；
我的爱一样热，虽然表面稍冷：
谁把他心中的崇拜到处传播，
就等于把他的爱情看作商品。
我们那时才新恋，又正当春天， 5
我惯用我的歌去欢迎它来归，
像夜莺在夏天门前彻夜清啭，
到了盛夏的日子便停止歌吹。
并非现在夏天没有那么惬意
比起万籁静听它哀唱的时候， 10
只为狂欢的音乐载满每一枝，
太普通，意味便没有那么深悠。

　　所以，像它，我有时也默默无言，
　　免得我的歌，太繁了，使你烦厌。

一〇三

我的诗神的产品多贫乏可怜!
分明有无限天地可炫耀才华,
可是她的题材,尽管一无妆点,
比加上我的赞美价值还要大!
别非难我,如果我写不出什么! 5
照照镜子吧,看你镜中的面孔
多么超越我的怪笨拙的创作,
使我的诗失色,叫我无地自容。
那可不是罪过吗,努力要增饰,
反而把原来无瑕的题材涂毁? 10
因为我的诗并没有其他目的,
除了要模仿你的才情和妩媚;
  是的,你的镜子,当你向它端详,
  所反映的远远多于我的诗章。

一○四

对于我,俊友,你永远不会衰老,
因为自从我的眼碰见你的眼,
你还是一样美。三个严冬摇掉
三个苍翠的夏天的树叶和光艳,
三个阳春三度化作秋天的枯黄。 5
时序使我三度看见四月的芳菲
三度被六月的炎炎烈火烧光。
但你,还是和初见时一样明媚;
唉,可是美,像时针,它蹑着脚步
移过钟面,你看不见它的踪影; 10
同样,你的姣颜,我以为是常驻,
其实在移动,迷惑的是我的眼睛。
  颤栗吧,未来的时代,听我呼吁:
  你还没有生,美的夏天已死去。

一〇五

不要把我的爱叫作偶像崇拜,
也不要把我的爱人当偶像看,
既然所有我的歌和我的赞美
都献给一个、为一个,永无变换。
我的爱今天仁慈,明天也仁慈,
有着惊人的美德,永远不变心,
所以我的诗也一样坚贞不渝,
全省掉差异,只叙述一件事情。
"美、善和真",就是我全部的题材,
"美、善和真",用不同的词句表现;
我的创造就在这变化上演才,
三题一体,它的境界可真无限。
  过去"美、善和真"常常分道扬镳,
  到今天才在一个人身上协调。

一○六

当我从那湮远的古代的纪年
发见那绝代风流人物的写真,
艳色使得古老的歌咏也香艳,
颂赞着多情骑士和绝命佳人,
于是,从那些国色天姿的描画, 5
无论手脚、嘴唇,或眼睛或眉额,
我发觉那些古拙的笔所表达
恰好是你现在所占领的姿色。
所以他们的赞美无非是预言
我们这时代,一切都预告着你; 10
不过他们观察只用想象的眼,
还不够才华把你歌颂得尽致:
  而我们,幸而得亲眼看见今天,
  只有眼惊羡,却没有舌头咏叹。

一〇七

无论我自己的忧虑,或那梦想着
未来的这茫茫世界的先知灵魂,
都不能限制我的真爱的租约,
纵使它已注定作命运的抵偿品。
人间的月亮已度过被蚀的灾难,   5
不祥的占卜把自己的预言嘲讽,
动荡和疑虑既已获得了保险,
和平在宣告橄榄枝永久葱茏。
于是在这时代甘露的遍洒下,
我的爱面貌一新,而死神降伏,   10
既然我将活在这拙作里,任凭他
把那些愚钝的无言的种族凌辱。
   你将在这里找着你的纪念碑,
   魔王的金盔和铜墓却被销毁。

一〇八

脑袋里有什么,笔墨形容得出,
我这颗真心不已经对你描画?
还有什么新东西可说可记录,
以表白我的爱或者你的真价?
没有,乖乖;可是,虔诚的祷词 5
我没有一天不把它复说一遍;
老话并不老;你属我,我也属你,
就像我祝福你名字的头一天。
所以永恒的爱在长青爱匣里
不会蒙受年岁的损害和尘土, 10
不会让皱纹占据应有的位置,
反而把老时光当作永久的家奴;
　　发觉最初的爱苗依旧得保养,
　　尽管时光和外貌都盼它枯黄。

一○九

哦,千万别埋怨我改变过心肠,
别离虽似乎减低了我的热情。
正如我抛不开自己远走他方,
我也一刻离不开你,我的灵魂。
你是我的爱的家:我虽曾流浪, 5
现在已经像远行的游子归来;
并准时到家,没有跟时光改样,
而且把洗涤我污点的水带来。
哦,请千万别相信(尽管我难免
和别人一样经不起各种试诱) 10
我的天性会那么荒唐和鄙贱
竟抛弃你这至宝去追求乌有;
  这无垠的宇宙对我都是虚幻;
  你才是,我的玫瑰,我全部财产。

一一〇

唉,我的确曾经常东奔西跑,
扮作斑衣的小丑供众人赏玩,
违背我的意志,把至宝贱卖掉,
为了新交不惜把旧知交冒犯;
更千真万确我曾经斜着冷眼
去看真情;但天呀,这种种离乖
给我的心带来了另一个春天,
最坏的考验证实了你的真爱。
现在一切都过去了,请你接受
无尽的友谊:我不再把欲望磨利,
用新的试探去考验我的老友——
那拘禁我的、钟情于我的神祇。
　　那么,欢迎我吧,我的人间的天,
　　迎接我到你最亲的纯洁的胸间。

— — —

哦,请为我把命运的女神诉让,
她是嗾使我造成业障的主犯,
因为她对我的生活别无赡养,
除了养成我粗鄙的众人米饭。
因而我的名字就把烙印①接受, 5
也几乎为了这缘故我的天性
被职业所玷污,如同染工的手:
可怜我吧,并祝福我获得更新;
像个温顺的病人,我甘心饮服
涩嘴的醋来消除我的重感染②; 10
不管它多苦,我将一点不觉苦,
也不辞两重忏悔以赎我的罪愆。
　　请怜悯我吧,挚友,我向你担保
　　你的怜悯已经够把我医治好。

---

① 烙印:耻辱。
② 当时相信醋能防疫。

一一二

你的爱怜抹掉那世俗的讥谗
打在我的额上的耻辱的烙印；
别人的毁誉对我有什么相干，
你既表扬我的善又把恶遮隐！
你是我整个宇宙，我必须努力　　　　5
从你的口里听取我的荣和辱；
我把别人，别人把我，都当作死，
谁能使我的铁心肠变善或变恶？
别人的意见我全扔入了深渊，
那么干净，我简直像聋蛇一般，　　　10
凭他奉承或诽谤都充耳不闻。
请倾听我怎样原谅我的冷淡：
　　你那么根深蒂固长在我心里，
　　全世界，除了你，我都认为死去。

一一三

自从离开你,眼睛便移居心里,
于是那双指挥我行动的眼睛,
既把职守分开,就成了半瞎子,
自以为还看见,其实已经失明;
因为它们所接触的任何形状,　　　　5
花鸟或姿态,都不能再传给心,
自己也留不住把捉到的景象;
一切过眼的事物心儿都无份。
因为一见粗俗或幽雅的景色,
最畸形的怪物或绝艳的面孔,　　　　10
山或海,日或夜,乌鸦或者白鸽,
眼睛立刻塑成你美妙的姿容。
　心中满是你,什么再也装不下,
　就这样我的真心教眼睛说假话。

一一四

是否我的心，既把你当王冠戴，
喝过帝王们的鸩毒——自我阿谀？
还是我该说，我眼睛说的全对，
因为你的爱教会它这炼金术，
使它能够把一切蛇神和牛鬼　　　　　5
转化为和你一样柔媚的天婴，
把每个丑恶改造成尽善尽美，
只要事物在它的柔辉下现形？
哦，是前者；是眼睛的自我陶醉，
我伟大的心灵把它一口喝尽：　　　　10
眼睛晓得投合我心灵的口味，
为它准备好这杯可口的毒饮。
　　尽管杯中有毒，罪过总比较轻，
　　因为先爱上它的是我的眼睛。

一一五

我从前写的那些诗全都撒谎,
连那些说"我爱你到极点"在内,
可是那时候我的确无法想象
白热的火还发得出更大光辉。
只害怕时光的无数意外事故
钻进密约间,勾销帝王的意旨,
晒黑美色,并挫钝锋锐的企图,
使倔强的心屈从事物的隆替:
唉,为什么,既怵于时光的专横,
我不可说,"现在我爱你到极点,"
当我摆脱掉疑虑,充满着信心,
觉得来日不可期,只掌握目前?
　　爱是婴儿;难道我不可这样讲,
　　去促使在生长中的羽毛丰满?

一一六

我绝不承认两颗真心的结合
会有任何障碍;爱算不得真爱,
若是一看见人家改变便转舵,
或者一看见人家转弯便离开。
哦,决不!爱是亘古长明的塔灯, 5
它定睛望着风暴却兀不为动;
爱又是指引迷舟的一颗恒星,
你可量它多高,它所值却无穷。
爱不受时光的播弄,尽管红颜
和皓齿难免遭受时光的毒手; 10
爱并不因瞬息的改变而改变,
它巍然矗立直到末日的尽头。
　　我这话若说错,并被证明不确,
　　　就算我没写诗,也没人真爱过。

一一七

请这样控告我:说我默不作声,
尽管对你的深思我应当酬谢;
说我忘记向你缱绻的爱慰问,
尽管我对你依恋一天天密切;
说我时常和陌生的心灵来往,
为偶尔机缘断送你宝贵情谊;
说我不管什么风都把帆高扬,
任它们把我吹到天涯海角去。
请把我的任性和错误都记下,
在真凭实据上还要积累嫌疑,
把我带到你的颦眉蹙额底下,
千万别唤醒怨毒来把我射死;
　　因为我的诉状说我急于证明
　　你对我的爱多么忠贞和坚定。

一一八

好比我们为了促使食欲增进，
用种种辛辣调味品刺激胃口；
又好比服清泻剂以预防大病，
用较轻的病截断重症的根由；
同样，饱尝了你的不腻人的甜蜜， 5
我选上苦酱来当作我的食料；
厌倦了健康，觉得病也有意思，
尽管我还没有到生病的必要。
这样，为采用先发制病的手段，
爱的策略变成了真实的过失： 10
我对健康的身体乱投下药丹，
用痛苦来把过度的幸福疗治。

　　但我由此取得这真正的教训：
　　药也会变毒，谁若因爱你而生病。

一一九

我曾喝下了多少鲛人的泪珠
从我心中地狱般的锅里蒸出来,
把恐惧当希望,又把希望当恐惧,
眼看着要胜利,结果还是失败!
我的心犯了多少可怜的错误,   5
正好当它自以为再幸福不过;
我的眼睛怎样地从眼眶跃出,
当我被疯狂昏乱的热病折磨!
哦,坏事变好事!我现在才知道
善的确常常因恶而变得更善;   10
被摧毁的爱,一旦重新修建好,
就比原来更宏伟,更美、更强顽。
    因此,我受了谴责,反心满意足;
    因祸,我获得过去的三倍幸福。

一二〇

你对我狠过心反而于我有利：
想起你当时使我受到的痛创，
我只好在我的过失下把头低，
既然我的神经不是铜或精钢。
因为，你若受过我狠心的摇撼，　　　　　5
像我所受的，该熬过多苦的日子！
可是我这暴君从没有抽过闲
来衡量你的罪行对我的打击！
哦，但愿我们那悲怛之夜能使我
牢牢记住真悲哀打击得多惨，　　　　　10
我就会立刻递给你，像你递给我，
那抚慰碎了的心的微贱药丹。
　　但你的罪行现在变成了保证，
　　我赎你的罪，你也赎我的败行。

一二一

宁可卑劣,也不愿负卑劣的虚名,
当我们的清白蒙上不白之冤,
当正当的娱乐被人妄加恶声,
不体察我们的感情,只凭偏见。
为什么别人虚伪淫猥的眼睛
有权赞扬或诋毁我活跃的血?
专侦伺我的弱点而比我坏的人
为什么把我认为善的恣意污蔑?
我就是我,他们对于我的诋毁
只能够宣扬他们自己的卑鄙:
我本方正,他们的视线自不轨;
这种坏心眼怎么配把我非议?
 除非他们固执这糊涂的邪说:
 恶是人性,统治着世间的是恶。

一二二

你赠我的手册已经一笔一划
永不磨灭地刻在我的心版上，
它将超越无聊的名位的高下，
跨过一切时代，以至无穷无疆：
或者,至少直到大自然的规律 5
容许心和脑继续存在的一天；
直到它们把你每部分都让给
遗忘,你的记忆将永远不逸散。
可怜的手册就无法那样持久,
我也不用筹码把你的爱登记； 10
所以你的手册我大胆地放走,
把你交给更能珍藏你的册子：
    要靠备忘录才不会把你遗忘,
    岂不等于表明我对你也善忘?

一二三

不,时光,你断不能夸说我在变:
你新建的金字塔,不管多雄壮,
对我一点不稀奇,一点不新鲜;
它们只是旧景象披上了新装。
我们的生命太短促,所以羡慕
你拿来蒙骗我们的那些旧货;
幻想它们是我们心愿的产物,
不肯信从前曾经有人谈起过。
对你和你的纪录我同样不买账,
过去和现在都不能使我惊奇,
因为你的记载和我所见都扯谎,
都多少是你疾驰中造下的孽迹。
  我敢这样发誓:我将万古不渝,
   不管你和你的镰刀多么锋利。

一二四

假如我的爱只是权势的嫡种,
它就会是命运的无父的私生子,
受时光的宠辱所磨折和播弄,
同野草闲花一起任人们采刈。
不呀,它并不是建立在偶然上; 5
它既不为荣华的笑颜所转移,
也经受得起我们这时代风尚
司空见惯的抑郁、愤懑的打击:
它不害怕那只在短期间有效、
到处散播异端和邪说的权谋, 10
不因骄阳而生长,雨也冲不掉,
它巍然独立在那里,深思熟筹。
  被时光愚弄的人们,起来作证!
  你们毕生作恶,却一死得干净。

一二五

这对我何益,纵使我高擎华盖,
用我的外表来为你妆点门面,
或奠下伟大基础,要流芳万代,
其实比荒凉和毁灭为期更短?
难道我没见过拘守仪表的人,
付出高昂的代价,却丧失一切,
厌弃淡泊而拚命去追求荤辛,
可怜的赢利者,在顾盼中凋谢?
不,请让我在你心里长保忠贞,
收下这份菲薄但由衷的献礼,
它不搀杂次品,也不包藏机心,
而只是你我间互相致送诚意。
　　被收买的告密者,滚开!你越诬告
　　真挚的心,越不能损害它分毫。

一二六*

你,小乖乖,时光的无常的沙漏
和时辰(他的小镰刀)都听你左右;
你在亏缺中生长,并昭示大众
你的爱人如何凋零而你向荣;
如果造化(掌握盈亏的大主宰), 5
在你迈步前进时把你挽回来,
她的目的只是:卖弄她的手法
去丢时光的脸,并把分秒扼杀。
可是你得怕她,你,她的小乖乖!
她只能暂留,并非常保,她的宝贝! 10
　　她的账目,虽延了期,必须清算:
　　要清偿债务,她就得把你交还。

---

* 这首诗原缺两行。

一二七

在远古的时代黑并不算秀俊,
即使算,也没有把美的名挂上;
但如今黑既成为美的继承人,
于是美便招来了侮辱和诽谤。
因为自从每只手都修饰自然,
用艺术的假面貌去美化丑恶,
温馨的美便失掉声价和圣殿,
纵不忍辱偷生,也遭了亵渎。
所以我情妇的头发黑如乌鸦,
眼睛也恰好相衬,就像在哀泣
那些生来不美却迷人的冤家,
用假名声去中伤造化的真誉。
  这哀泣那么配合她们的悲痛,
    大家齐声说:这就是美的真容。

一二八

多少次,我的音乐,当你在弹奏
音乐,我眼看那些幸福的琴键
跟着你那轻盈的手指的挑逗,
发出悦耳的旋律,使我魂倒神颠——
我多么艳羡那些琴键轻快地 　　　　　5
跳起来狂吻你那温柔的掌心,
而我可怜的嘴唇,本该有这权利,
只能红着脸对琴键的放肆出神!
经不起这引逗,我嘴唇巴不得
做那些舞蹈着的得意小木片, 　　　　10
因为你手指在它们身上轻掠,
使枯木比活嘴唇更值得艳羡。
　　冒失的琴键既由此得到快乐,
　　请把手指给它们,把嘴唇给我。

一二九

把精力消耗在耻辱的沙漠里,
就是色欲在行动;而在行动前,
色欲赌假咒、嗜血、好杀、满身是
罪恶、凶残、粗野、不可靠、走极端;
欢乐尚未央,马上就感觉无味: 5
毫不讲理地追求;可是一到手,
又毫不讲理地厌恶,像是专为
引上钩者发狂而设下的钓钩;
在追求时疯狂,占有时也疯狂;
不管已有、现有、未有,全不放松; 10
感受时,幸福;感受完,无上灾殃;
事前,巴望着的欢乐;事后,一场梦。
　　这一切人共知;但谁也不知怎样
　　逃避这个引人下地狱的天堂。

一三〇

我情妇的眼睛一点不像太阳；
珊瑚比她的嘴唇还要红得多：
雪若算白,她的胸就暗褐无光,
发若是铁丝,她头上铁丝婆娑。
我见过红白的玫瑰,轻纱一般； 5
她颊上却找不到这样的玫瑰；
有许多芳香非常逗引人喜欢,
我情妇的呼吸并没有这香味。
我爱听她谈话,可是我很清楚
音乐的悦耳远胜于她的嗓子； 10
我承认从没有见过女神走路,
我情妇走路时候却脚踏实地：
　　可是,我敢指天发誓,我的爱侣
　　胜似任何被捧作天仙的美女。

— 三 —

尽管你不算美,你的暴虐并不
亚于那些因美而骄横的女人;
因为你知道我的心那么糊涂,
把你当作世上的至美和至珍。
不过,说实话,见过你的人都说, 5
你的脸缺少使爱呻吟的魅力:
尽管我心中发誓反对这说法,
我可还没有公开否认的勇气。
当然我发的誓一点也不欺人;
数不完的呻吟,一想起你的脸, 10
马上联翩而来,可以为我作证:
对于我,你的黑胜于一切秀妍。
　　你一点也不黑,除了你的人品,
　　　可能为了这原故,诽谤才流行。

一三二

我爱上了你的眼睛;你的眼睛
晓得你的心用轻蔑把我磨折,
对我的痛苦表示柔媚的悲悯,
就披上黑色,做旖旎的哭丧者。
而的确,无论天上灿烂的朝阳　　　　　　5
多么配合那东方苍白的面容,
或那照耀着黄昏的明星煌煌
(它照破了西方的黯淡的天空),
都不如你的脸配上那双泪眼。
哦,但愿你那颗心也一样为我　　　　　　10
挂孝吧,既然丧服能使你增妍,
愿它和全身一样与悲悯配合。
　　黑是美的本质(我那时就赌咒),
　　一切缺少你的颜色的都是丑。

一三三

那使我的心呻吟的心该诅咒，
为了它给我和我的朋友的伤痕！
难道光是折磨我一个还不够？
还要把朋友贬为奴隶的身分？
你冷酷的眼睛已夺走我自己，
那另一个我你又无情地霸占：
我已经被他（我自己）和你抛弃；
这使我遭受三三九倍的苦难。
请用你的铁心把我的心包围，
让我可怜的心保释朋友的心；
不管谁监视我，我都把他保卫；
你就不能在狱中再对我发狠。
　　你还会发狠的，我是你的囚徒，
　　我和我的一切必然任你摆布。

一三四

因此,现在我既承认他属于你,
并照你的意旨把我当抵押品,
我情愿让你把我没收,好教你
释放另一个我来宽慰我的心:
但你不肯放,他又不愿被释放, 5
因为你贪得无厌,他心肠又软;
他作为保人签字在那证券上,
为了开脱我,反而把自己紧拴。
分毫不放过的高利贷者,你将要
行使你的美丽赐给你的特权 10
去控诉那为我而负债的知交;
于是我失去他,因为把他欺骗。
  我把他失掉;你却占有他和我:
  他还清了债,我依然不得开脱。

一三五*

假如女人有满足，你就得如"愿"，
还有额外的心愿，多到数不清；
而多余的我总是要把你纠缠，
想在你心愿的花上添我的锦。
你的心愿汪洋无边，难道不能
容我把我的心愿在里面隐埋？
难道别人的心愿都那么可亲，
而我的心愿就不配你的青睐？
大海，满满是水，照样承受雨点，
好把它的贮藏品大量地增加；
多心愿的你，就该把我的心愿
添上，使你的心愿得到更扩大。
　　别让无情的"不"把求爱者窒息；
　　让众愿同一愿，而我就在这愿里。

---

* 此首和下首诗中的"愿"和"心愿"都是原文 Will 字的意译。但 Will 字又是莎士比亚及诗中年轻朋友的名字的简写，因而往往具有双关甚或双关以上的含义。这是当时流行的一种文字游戏。

一三六

你的灵魂若骂你我走得太近，
请对你那瞎灵魂说我是你"心愿"，
而"心愿"，她晓得，对她并非陌生；
为了爱，让我的爱如愿吧，心肝。
心愿将充塞你的爱情的宝藏， 5
请用心愿充满它，把我算一个，
须知道宏大的容器非常便当，
多装或少装一个算不了什么。
请容许我混在队伍中间进去，
不管怎样说我总是其中之一； 10
把我看作微末不足道，但必须
把这微末看作你心爱的东西。
　　把我名字当你的爱，始终如一，
　　就是爱我，因为"心愿"是我的名字。

一三七

又瞎又蠢的爱,你对我的眸子
干了什么,以致它们视而不见?
它们认得美,也看见美在那里,
却居然错把那极恶当作至善。
我的眼睛若受了偏见的歪扭, 5
在那人人行驶的海湾里下锚,
你为何把它们的虚妄作成钩,
把我的心的判断力钩得牢牢?
难道是我的心,明知那是公地,
硬把它当作私人游乐的花园? 10
还是我眼睛否认明显的事实,
硬拿美丽的真蒙住丑恶的脸?
  我的心和眼既迷失了真方向,
  自然不得不陷入虚妄的膏肓。

一三八

我爱人赌咒说她浑身是忠实,
我相信她(虽然明知她在撒谎),
让她认为我是个无知的孩子,
不懂得世间种种骗人的勾当。
于是我就妄想她当我还年轻, 5
虽然明知我盛年已一去不复返;
她的油嘴滑舌我天真地信任:
这样,纯朴的真话双方都隐瞒。
但是为什么她不承认说假话?
为什么我又不承认我已经衰老? 10
爱的习惯是连信任也成欺诈,
老年谈恋爱最怕把年龄提到。
　　因此,我既欺骗她,她也欺骗我,
　　咱俩的爱情就在欺骗中作乐。

一三九

哦,别叫我原谅你的残酷不仁
对于我的心的不公正的冒犯;
请用舌头伤害我,可别用眼睛;
狠狠打击我,杀我,可别耍手段。
说你已爱上了别人;但当我面,   5
心肝,可别把眼睛向旁边张望:
何必要耍手段,既然你的强权
已够打垮我过分紧张的抵抗?
让我替你辩解说:"我爱人明知
她那明媚的流盼是我的死仇,   10
才把我的敌人从我脸上转移,
让它向别处放射害人的毒镞!"
    可别这样;我已经一息奄奄,
      不如一下盯死我,解除了苦难。

一四〇

你狠心,也该放聪明;别让侮蔑
把我不做声的忍耐逼得太甚;
免得悲哀赐我喉舌,让你领略
我的可怜的痛苦会怎样发狠。
你若学了乖,爱呵,就觉得理应 5
对我说你爱我,纵使你不如此;
好像暴躁的病人,当死期已近,
只愿听医生报告健康的消息;
因为我若是绝望,我就会发疯,
疯狂中难保不把你胡乱咒骂: 10
这乖张世界是那么不成体统,
疯狂的耳总爱听疯子的坏话。
　　要我不发疯,而你不遭受诽谤,
　　你得把眼睛正视,尽管心放荡。

一四一

说实话,我的眼睛并不喜欢你,
它们发见你身上百孔和千疮;
但眼睛瞧不起的,心儿却着迷,
它一味溺爱,不管眼睛怎样想。
我耳朵也不觉得你嗓音好听,
就是我那容易受刺激的触觉,
或味觉,或嗅觉都不见得高兴
参加你身上任何官能的盛酌。
可是无论我五种机智或五官
都不能劝阻痴心去把你侍奉,
我昂藏的丈夫仪表它再不管,
只甘愿作你傲慢的心的仆从。
　　不过我的灾难也非全无好处:
　　她引诱我犯罪,也教会我受苦。

一四二

我的罪咎是爱,你的美德是憎,
你憎我的罪,为了我多咎的爱:
哦,你只要比一比你我的实情,
就会发觉责备我多么不应该。
就算应该,也不能出自你嘴唇,   5
因为它们亵渎过自己的口红,
劫夺过别人床笫应得的租金,
和我一样屡次偷订爱的假盟。
我爱你,你爱他们,都一样正当,
尽管你追求他们而我讨你厌。   10
让哀怜的种子在你心里暗长,
终有天你的哀怜也得人哀怜。
    假如你只知追求,自己却吝啬,
    你自己的榜样就会招来拒绝。

一四三

看呀,像一个小心翼翼的主妇
跑着去追撵一只逃走的母鸡,
把孩子扔下,拚命快跑,要抓住
那个她急着要得回来的东西;
被扔下的孩子紧跟在她后头, 5
哭哭啼啼要赶上她,而她只管
望前一直追撵,一步也不停留,
不顾她那可怜的小孩的不满:
同样,你追那个逃避你的家伙,
而我(你的孩子)却在后头追你; 10
你若赶上了希望,请回头照顾我,
尽妈妈的本分,轻轻吻我,很和气。
  只要你回头来抚慰我的悲啼,
    我就会祷告神让你从心所欲。

一四四

两个爱人像精灵般把我诱惑,
一个叫安慰,另外一个叫绝望:
善的天使是个男子,丰姿绰约;
恶的幽灵是个女人,其貌不扬。
为了促使我早进地狱,那女鬼　　　　5
引诱我的善精灵硬把我抛开,
还要把他迷惑,使沦落为妖魅,
用肮脏的骄傲追求纯洁的爱。
我的天使是否已变成了恶魔,
我无法一下子确定,只能猜疑;　　　10
但两个都把我扔下,互相结合,
一个想必进了另一个的地狱。
　　可是这一点我永远无法猜透,
　　除非是恶的天使把善的撵走。

一四五

爱神亲手捏就的嘴唇
对着为她而憔悴的我,
吐出了这声音说,"我恨":
但是她一看见我难过,
心里就马上大发慈悲, 5
责备那一向都是用来
宣布甜蜜的判词的嘴,
教它要把口气改过来:
"我恨",她又把尾巴补缀,
那简直像明朗的白天 10
赶走了魔鬼似的黑夜,
把它从天堂甩进阴间。
　　她把"我恨"的恨字摒弃,
　　救了我的命说,"不是你"。

一四六

可怜的灵魂,万恶身躯的中心,
被围攻你的叛逆势力所俘掳,
为何在暗中憔悴,忍受着饥馑,
却把外壁妆得那么堂皇丽都?
赁期那么短,这倾颓中的大厦
难道还值得你这样铺张浪费?
是否要让蛆虫来继承这奢华,
把它吃光?这可是肉体的依皈?
所以,灵魂,请拿你仆人来度日,
让他消瘦,以便充实你的贮藏,
拿无用时间来兑换永久租期,
让内心得滋养,别管外表堂皇:
　　这样,你将吃掉那吃人的死神,
　　而死神一死,世上就永无死人。

一四七

我的爱是一种热病,它老切盼
那能够使它长期保养的单方,
服食一种能维持病状的药散,
使多变的病态食欲长久盛旺。
理性(那医治我的爱情的医生)
生气我不遵守他给我的嘱咐,
把我扔下,使我绝望,因为不信
医药的欲望,我知道,是条死路。
我再无生望,既然丧失了理智,
整天都惶惑不安、烦躁、疯狂;
无论思想或谈话,全像个疯子,
脱离了真实,无目的,杂乱无章;
　　因为我曾赌咒说你美,说你璀璨,
　　你却是地狱一般黑,夜一般暗。

一四八

唉,爱把什么眼睛装在我脑里,
使我完全认不清真正的景象?
说认得清吧,理智又窜往哪里,
竟错判了眼睛所见到的真相?
如果我眼睛所迷恋的真是美, 5
为何大家都异口同声不承认?
若真不美呢,那就绝对无可讳,
爱情的眼睛不如一般人看得真:
当然喽,它怎能够,爱眼怎能够
看得真呢,它日夜都泪水汪汪? 10
那么,我看不准又怎算得稀有?
太阳也要等天晴才照得明亮。
  狡猾的爱神!你用泪把我弄瞎,
  只因怕明眼把你的丑恶揭发。

一四九

你怎能,哦,狠心的,否认我爱你,
当我和你协力把我自己厌恶?
我不是在想念你,当我为了你
完全忘掉我自己,哦,我的暴主?
我可曾把那恨你的人当朋友?
我可曾对你厌恶的人献殷勤?
不仅这样,你对我一皱起眉头,
我不是马上叹气,把自己痛恨?
我还有什么可以自豪的优点,
傲慢到不屑于为你服役奔命,
既然我的美都崇拜你的缺陷,
唯你的眼波的流徙转移是听?
　但,爱呵,尽管憎吧,我已猜透你:
　你爱那些明眼的,而我是瞎子。

一五〇

哦,从什么威力你取得这力量,
连缺陷也能把我的心灵支配?
教我诬蔑我可靠的目光撒谎,
并矢口否认太阳使白天明媚?
何来这化臭腐为神奇的本领, 5
使你的种种丑恶不堪的表现
都具有一种灵活强劲的保证,
使它们,对于我,超越一切至善?
谁教你有办法使我更加爱你,
当我听到和见到你种种可憎? 10
哦,尽管我钟爱着人家所嫌弃,
你总不该嫌弃我,同人家一条心:
　　既然你越不可爱,越使得我爱,
　　你就该觉得我更值得你喜爱。

一五一

爱神太年轻，不懂得良心是什么；
但谁不晓得良心是爱情所产？
那么，好骗子，就别专找我的错，
免得我的罪把温婉的你也牵连。
因为，你出卖了我，我的笨肉体 5
又哄我出卖我更高贵的部分；
我灵魂叮嘱我肉体，说它可以
在爱情上胜利；肉体再不做声，
一听见你的名字就马上指出
你是它的胜利品；它趾高气扬， 10
死心塌地作你最鄙贱的家奴，
任你颐指气使，或倒在你身旁。
　　所以我可问心无愧地称呼她
　　做"爱"，我为她的爱起来又倒下。

一五二

你知道我对你的爱并不可靠,
但你赌咒爱我,这话更靠不住;
你撕掉床头盟,又把新约毁掉,
既结了新欢,又种下新的憎恶。
但我为什么责备你两番背盟, 5
自己却背了二十次!最反复是我;
我对你一切盟誓都只是滥用,
因而对于你已经失尽了信约。
我曾矢口作证你对我的深爱:
说你多热烈、多忠诚、永不变卦, 10
我使眼睛失明,好让你显光彩,
教眼睛发誓,把眼前景说成虚假——
 我发誓说你美!还有比这荒唐:
 抹煞真理去坚持那么黑的谎!

一五三

爱神放下他的火炬,沉沉睡去:
月神的一个仙女乘了这机会
赶快把那枝煽动爱火的火炬
浸入山间一道冷冰冰的泉水;
泉水,既从这神圣的火炬得来　　　5
一股不灭的热,就永远在燃烧,
变成了沸腾的泉,一直到现在
还证实具有起死回生的功效。
但这火炬又在我情妇眼里点火,
为了试验,爱神碰一下我胸口,　　10
我马上不舒服,又急躁又难过,
一刻不停地跑向温泉去求救,
　　但全不见效:能治好我的温泉
　　只有新燃起爱火的、我情人的眼。

一五四

小小爱神有一次呼呼地睡着,
把点燃心焰的火炬放在一边,
一群蹁跹的贞洁的仙女恰巧
走过;其中最美的一个天仙
用她处女的手把那曾经烧红 5
万千颗赤心的火炬偷偷拿走,
于是这玩火小法师在酣睡中
便缴械给那贞女的纤纤素手。
她把火炬往附近冷泉里一浸,
泉水被爱神的烈火烧得沸腾, 10
变成了温泉,能消除人间百病;
但我呵,被我情妇播弄得头疼,
　　跑去温泉就医,才把这点弄清:
　　爱烧热泉水,泉水冷不了爱情。

情女怨　爱情的礼赞
乐曲杂咏　凤凰和斑鸠

黄雨石译

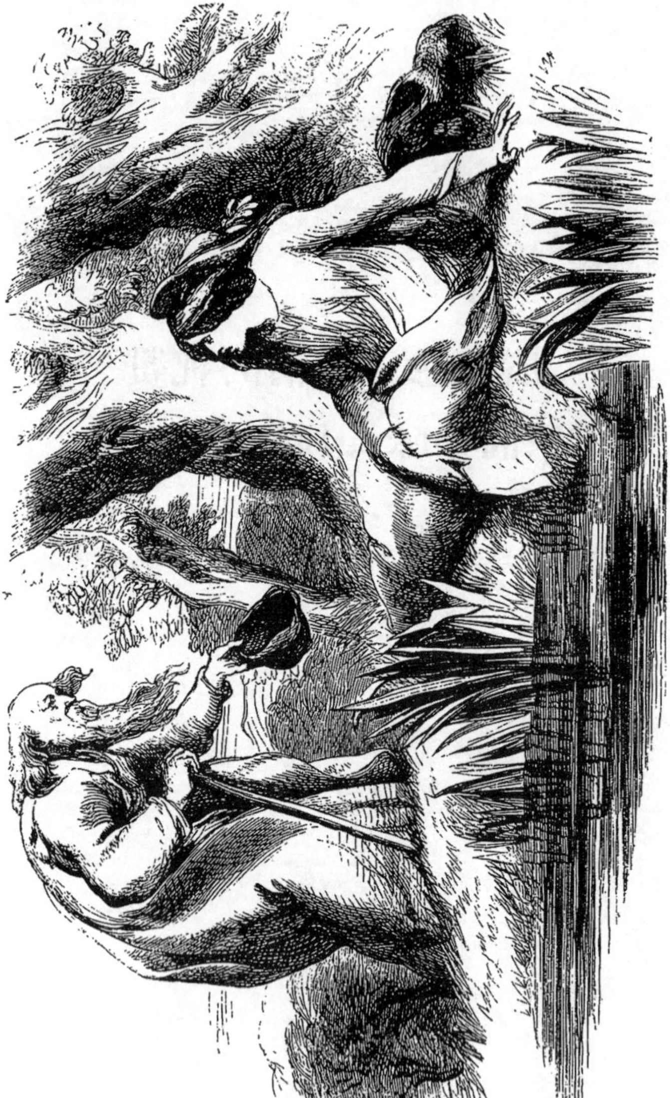

情 女 怨

一个深溪里的悲惨故事，
在邻山的空谷里回响，
这应和的声响动我神思，
我躺下静听这难言的悲伤；
一转眼却见一个愁苦的姑娘，　　　　5
撕扯着纸片，把戒指全敲碎，
恨不能让愁云凄雨把世界摧毁。

她头上戴着一顶宽边草帽，
帽檐遮住了她脸上的阳光，
在那脸上你有时仿佛看到，　　　　10
一位曾经是无比艳丽的姑娘。
时光并没有毁尽青春的宝藏，
尽管上天震怒，青春余韵尚在，
风霜、岁月也掩不尽她的丰采。

她不时把手绢举到自己的眼下，　　　　15
手绢上绣着精妙的词句，

让积郁的悲伤化作的泪花,
把丝绒刺绣的字句浸洗,
她时而细审那词中的深意,
时而因莫名的悲痛不禁啜泣, 20
呼号、呻吟,一阵高,一阵低。

有时,她高抬起她的两眼,
直向天上无数的星辰凝望;
有时她把目光的方向转变,
瞭望大地;有时使她的目光 25
转向前方;忽然又目无定向,
游移的眼神向虚空观看,
她的视觉和思绪已乱成一团。

她的头发,没仔细梳理,也不散乱,
显然她骄傲的双手已懒于梳妆; 30
从她的草帽边垂下的几绺云鬟,
紧贴着她的苍白瘦削的面庞;
但另有一些却仍被发带扎绑,
虽只是漫不经心地松松扎定, 35
那发丝却听其约束,平平整整。

她从小筐儿里拿出无数珍宝,
其中有玛瑙,有水晶,还有墨玉,
她把它一件件向河心乱抛,
一边坐在河岸边低声哭泣,

恰像是河水要靠泪水聚集, 40
或者说像帝王对人民的恩赐,
贫者无份,只对富有者一施再施。

她拿出许多折叠着的信笺,
看一看,叹口气,便往河里扔去,
她把骨戒指砸碎,金戒指全砸扁, 45
让它们一个个葬身河水底,
另外还有一些信:墨迹是血迹,
缠着生丝,折叠得齐齐整整,
封上加封,全不过为了打动她的心。

这些信她止不住用泪眼细读, 50
吻了又吻,甚至用泪水浇洗,
喊叫着:哦你这记录谎言的血污,
你算得什么山盟海誓的凭据!
该死的墨水颜色也黑过你!
在狂怒中,她边说边把信撕毁, 55
由于她的心已碎,信也被扯碎。

一位老者在近处看守牛群,
他也许性情狂暴,但他确曾亲尝
多次城市和宫廷里的变乱,曾经
经历过许多飞速流逝的时光, 60
他急急走近这悲痛的姑娘:
他的年岁容许他不避嫌疑,

他要问问她为什么如此悲戚。

因此他扶着油光的拐杖蹲下,
不近不远地坐在她的身旁, 65
坐定后,他又一次低声问她,
能不能讲一讲她内心的悲伤:
他说,如果他能解开她的愁肠,
略略减轻她眼下难堪的痛苦,
那也是老年人应对青年的照顾。 70

她叫一声老伯说道,"您别认定
我已受尽了漫长岁月的煎熬,
断定我早已度过了我的青春,
不是年岁啊,是悲伤使我如此老!
我实在还应是刚吐蕊的花苞, 75
无比鲜艳,如果我始终自爱,
对别人的爱情一概不理睬。

"可是多不幸啊,我年纪还非常小,
就对一个青年交出了我的心;
啊,无比动人是他天生的仪表, 80
姑娘们一见到他全定住眼神,
无所寄托的爱全想以他作靠身,
而谁要是真能得到他的爱恋,
她不但有了归宿,更似已登仙。

"他的棕色的发环卷曲下垂, 85
一阵微风轻轻吹过,绺绺发丝
便在他的嘴唇边来回飘飞,
要寻开心,随处都有开心事,
谁见他一眼也不禁意迷心痴:
因为望着他的脸,你可以想象 90
你已经见到具体而微的天堂。

"他的下巴还显不出成人气度,
秀丽的髭须,像未修剪的丝绒,
才刚刚露头,而那鲜嫩的皮肤
却夸口它本来的光洁更玲珑。 95
他的脸却也因此更显得贵重,
因而叫温柔的爱情也难决定:
究竟有它美,还是没有它更俊。

"他的性格和他的仪表一样美,
他说话嫩口嫩牙,从不加思考; 100
但如果有人激怒了他,他就会
变得像四月或五月间的风暴,
风虽疾却也吹得你自在逍遥。
他那年轻人难免会有的粗野,
只表明他厌恶虚伪、心地纯洁。 105

"他又是一位骑马能手,人都说
他的马因是他骑才如此神骏,

他的驾驭使它显得高贵、洒脱,
多美啊,那一跃、一立、一个回身!
许多人因而没完没了地争论: 110
究竟是骑得好才显得马儿好,
还是马好才显得他的骑术高。

"但很快人们异口同声地论定,
是他的仪态举止使他的服装
以及他身边的一切趣味横生, 115
他的完美决不须靠衣着增光:
额外的装饰只因为在他身上
才能显出自身的美:用以美化
他的一切,实际为他所美化。

"由于在他那善自约束的舌尖, 120
各种巧辩和深刻锋利的反证,
各种警语和坚强有力的论点,
全为他自己的方便或露或隐,
常叫伤心者笑,含笑者不禁伤心,
他有丰富的语汇和无数技巧, 125
能随心所欲让所有的人倾倒;

"因而他完全统治着别人的心,
不管他年岁大小,不论男或女
全都想着他,对待他百般殷勤,
他到哪里他们就追随到哪里, 130

他的话没出口,别人先已同意,
他们嘴里说的全是他要说的事,
因为他的意志就是他们的意志。

"许多人弄到他的一张画像,
日夜把玩,更不免想入非非,   135
好比一个傻瓜看到别人的田庄
和房舍,私心里竟肯定认为
那是自己的私产,天命所归;
面对着它们,他所感到的欢欣
甚至超过了那真正的主人。   140

"许多人还从没碰一碰他的手,
就一厢情愿认为已得到他的心;
我不幸,自己的行动完全自由,
我是我自己的主人(不受拘禁),
但只由于他言语巧、年岁又轻,   145
我终禁不住把爱情胡乱抛掷,
给了他我的花朵,只留下空枝。

"实在说,我也并不像某些同伴,
要他怎么,或者他要怎么全应允,
我的荣誉早使我感到很为难,   150
我从来也不容他跟我太亲近,
经验已为我修建下重重禁城,
但现在那染上鲜血的城垣,

321

只表明宝珠失色,我已被奸骗。

"可是啊,谁又曾由于前车之鉴, 155
躲避开她命中注定的不幸?
谁又能违反她自己的意愿,
强迫她逃离曾经坑人的陷阱?
劝导只能使一件事暂缓进行:
因为我们既已心动,任何劝告 160
实际上只能使我们兴致更高。

"我们也不能因为已有人受害,
就约束自己避开肉体的欢乐,
不管别人对我们曾如何劝诫,
我们谁又能抗拒那诱人的禁果; 165
哦,情欲从来也不受理智束缚!
人长着舌头就是为了尝异味,
哪怕理智哭喊着:当心性命危!

"我还可以说出这人的种种虚假,
也明白他的欺骗手段如何下流, 170
听说他常在别人地里种庄稼,
也看到他的笑脸里藏着计谋,
明知道他的誓言只是钓鱼钩,
更想到他那种种装模作样
不过是为掩盖他的恶毒心肠。 175

"这情况也使我长时期牢守禁城,
一直到他又一次向我进攻:
'好姑娘,只求你对我略加怜悯,
千万别不相信我的海誓山盟,
那些话还从不曾出我口中,   180
因为我多次拒绝了爱情的筵席,
但我还从没请过人,除了你。

"'你所看到的我的一切过失,
全不过是逢场作戏,非出真心,
这里没有爱情,别瞧煞有介事,   185
两方面实际上都毫无真情,
她们既不知耻,我又何必认真,
所以她们越是责骂我不对,
我倒越是感到于心无愧。

"'在我所见到过的许多人中   190
从没有一个能使我略微动心,
既没有谁曾使我感到悲痛,
也没有谁使得我心神不宁,
许多人因我心碎,于我却无损,
不管有多少心因为我甘为奴仆,   195
我的心却仍贵如王侯,自己做主。

"'你瞧瞧这些伤心人送来的供奉,
这里有苍白的珍珠、血红的宝石:

想着她们的心思我一见就懂：
苍白表示悲伤，羞红因为相思，　　　　　200
看到这些我似也应该情迷心痴，
我也应该理解到她们的悲痛
和羞惭，禁不住为她们心动。

"'你再瞧瞧这一绺绺的金发
盘作同心结，外用金丝缠就，　　　　　205
许多漂亮姑娘做好了这发花，
要我收下，痛哭流涕，苦苦哀求，
更赠我许多珠宝，怕我还不接受，
又附上精心结构的十四行诗，
解说每颗宝石的特性和价值。　　　　　210

"'钻石么？它的外表是既美且坚，
这也就是它的不外露的本性，
这深绿的祖母绿，只要看它一眼，
瞎眼的人转眼就能双目复明，
这天蓝的青玉和白玉更不用问，　　　　215
它象征着各种感情；每件玉器
都被说得让你又是好笑又是生气。

"'瞧所有这些表明炽烈的热爱
和被压抑的无限柔情的表记，
上天显然不能容我留作私财，　　　　　220
而要我拿它作自己的献身礼，

那也就是献给你——我生命的依据:
更无疑这些供奉本应你收领,
因为我不过是神坛,你才是正神。

"'啊,快伸出你难以形容的纤手   225
(它的秀美天下无词可以赞扬),
把这些伤心的表记全都拿走,
任你如何处置,或作你的私藏:
我原是为你服役的你的账房,
听你吩咐把零星得来的东西,   230
归总汇齐,然后一起交给你。

"'你瞧,送我这个的是一位尼姑,
或者说一位自誓圣洁的修女,
不久以前,她拒绝作宫廷贵妇,
她的奇福却引得人人妒忌,   235
因为有许多贵人想娶她为妻,
而她却冷淡无情,逃开他们,
甘愿为上帝的爱了却一生。

"'可是啊,亲亲,她该是多么痛苦,
抛开这一切和与生俱来的权利,   240
不再在一切如意的地方歌舞,
不再不受拘束地恣意游戏,
为了争取声誉她始终不遗余力,
但为了避开创伤,竟匆匆逃走,

只好算勇于退避,非勇于战斗。　　　　　　245

"'啊,请别怪我胡吹,事实却不假,
一件偶然事使我和她偶然相逢,
旧日的架子她立即全都放下,
现在只一心想逃出教堂樊笼:
真实的爱情比宗教更为贵重,　　　　　　250
她虽然从来不惯于被人勾引,
现在却毫无顾忌地引诱别人。

"'你是多么强大啊,听我告诉你,
所有那些属我所有的破碎的心,
把它们的泉源全倾入我的井里,　　　　　255
而我却一起向你的海洋倾进:
我使她们心动,你却使我醉心,
胜利归你,我们已全部被征服,
愿这复合的爱能医治你的冷酷。

"'我有幸使一颗神圣的明星动情,　　　　260
她受过教养,追求着典雅的生活,
但一见到我便相信了她的眼睛,
什么誓言、神谕立即都全部忘却:
可是对于你,爱的神明,任何誓约、
誓愿或许诺全可以不加考虑,　　　　　　265
因为你是一切,一切都属于你。

"'你要是征募新兵,谁会去思考
以往的教训?你要是情深意深,
谁还去理会任何人为的阻挠,
管什么财富、法律、家庭名声?   270
爱的力量是和平,从不顾理性、
成规和荣辱,它能使一切恐惧、
震惊和痛苦在身受时化作甜蜜。

"'现在,所有那些和我的心相连的心,
在痛苦中长吁短叹,日益憔悴,   275
它们全都哀哀啜泣,向你求情,
求你停住炮火别把我的心摧毁,
耐心地倾听我对你是如何敬佩,
请千万别不相信我坚贞的盟誓,
因为那的确是出自肺腑的言词。'   280

"说完这话,他的饱含泪水的两眼,
随即从我脸上移开,顿时低垂,
他的两颊上立即流下两股清泉,
扑簌簌滚落下那苦咸的泪水:
哦!那泪痕狼藉的脸是多么秀美!   285
即使一棵玫瑰花上缀满水晶
也决不能像他的泪眼令人动心。

"哦老伯啊,在一颗小小的泪珠里,
却能隐藏着多少奸诈和虚伪?

只要两眼里的泪水长流不息,   290
什么样的岩石能经久不被摧毁?
已死的心也难免作复燃的死灰,
或分裂为冷静理智和炽烈情思:
烈火越燃越旺,冷静却立即消失。

"他的所谓热情不过是一种奸诈,   295
但那也使我的理智化作了泪水,
我不禁轻轻卸下童贞的铠甲,
抛开对礼仪的恐惧,放弃自卫,
我也满眼含泪和他的泪眼相对,
可是我们的眼泪却完全不同: 300
他的毒害我,我的却使他暗喜成功。

"他有满腹骗人的虚情假意,
幻化成各种外相,行使他的计谋,
他忽而羞惭满面,忽而哭哭啼啼,
忽而装出死相,做来总得心应手,   305
而且是惟妙惟肖,无人能识透:
听到丑话脸红,听到伤心事哭泣,
见到一件惨事恨不能马上死去。

"简直没有一个被他注意的女人,
能逃开他的口蜜心箭的攻击,   310
看外表他是那样的仁慈恭顺:
被坑害的人全对他毫不警惕,

要想得到什么,他总先表示鄙弃,
如果他由于满腹邪念,欲火如焚,
他就会口口声声地赞扬童贞。　　　　315

"他就这样靠着一件华丽的外衣,
掩藏住了一个赤裸裸的妖魔,
没经验的姑娘一见他就着迷,
仿佛他是一位天使在头上飞过,
哪个天真的少女能不为他入魔。　　　320
啊,我已经失了身,我真弄不清
往后的年月,我却该怎样为人!

"啊,他眼中的那毒药般的泪滴,
啊,他双颊上的那虚假的红云,
啊,那从他心中虚放出的情意,　　　325
啊,那从他肺中强挤出的呻吟,
啊,所有他那些似真实假的行径,
很可能让已经吃过亏的再吃亏,
让一个悔罪的姑娘重新犯罪。"

爱情的礼赞

一*

我的爱发誓说,她是一片真诚,
我相信她,虽然明知道她在撒谎,
我要让她想着我是年幼单纯,
不理解人世的种种欺骗勾当。
就这样我自信她认为我年少, 5
虽然我实际上早已过了青春,
她的假话使我乐得满脸堆笑,
爱情的热烈顾不得爱的真纯。
可是我的爱为什么不说她老?
我又为什么不肯说我不年轻? 10
啊,爱情的主旨是彼此讨好,
年老的情人不爱谈自己的年龄:
　　既然爱情能掩盖我们的不幸,
　　让爱情骗我吧,我也在欺骗爱情。

---

* 此节原文与《十四行诗》第一三八首大同小异。

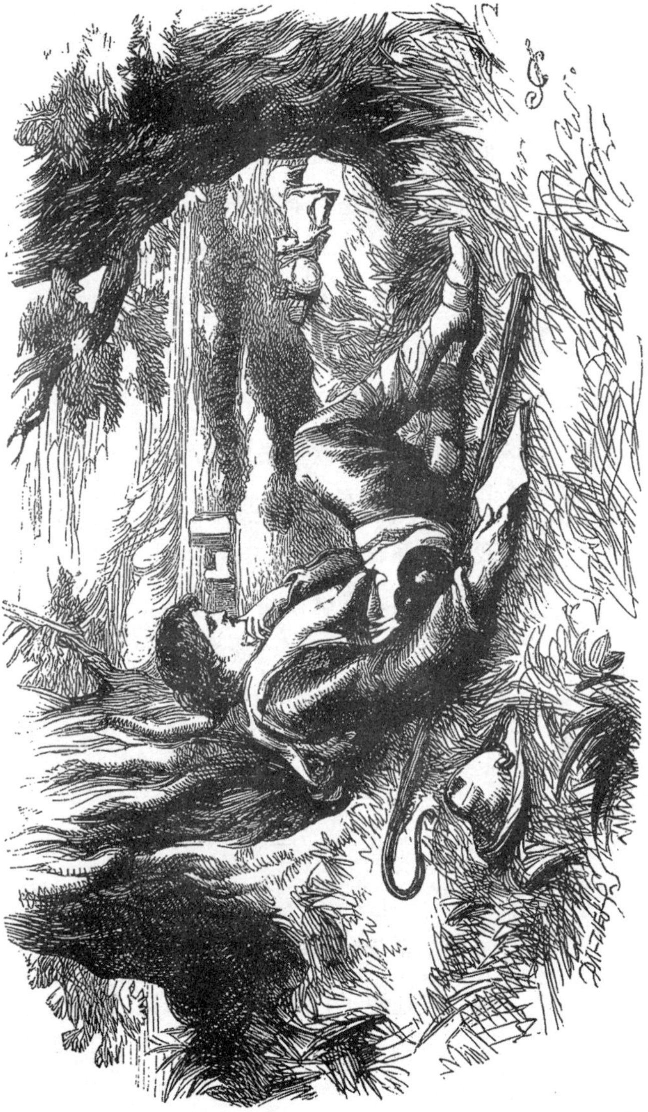

二[*]

我有两个爱人，这也并非可喜事，
他们像两个精灵使我不得安宁；
我的好精灵是一个漂亮小伙子，
我的坏精灵是一个难看的女人。
为了引诱我进入地狱，那女鬼　　　　　5
从我身旁勾引走我的好精灵，
一心想使他从圣徒变作魔鬼，
竟要用她的情欲换取他的纯真。
我的天使是否已走入魔道，
我只能怀疑，却不敢说一定；　　　　　10
因为他们本来就彼此很要好，
我猜想天使已进了地狱的门。
　　真情如何难知道，不到坏精灵
　　放出我的好精灵，我永不能安心。

三^{**}

难道不是你的能说会道的眼睛，
逼着我违犯了自己立下的誓言？
人世上谁又有能力和它争论？

---

*　此节原文与《十四行诗》第一四四首全同。
**　此节与《爱的徒劳》第四幕第三场 56—69 行基本相同。

再说,为你破誓也实在情有可原。
我只曾发誓和一个女人绝交, 5
但我能证明,你却是一位天神:
天仙不能为尘俗的誓言所扰;
而你的洪恩却能使我返璞归真。
誓言不过是一句话,一团空气;
而你,普照大地的美丽的太阳, 10
已将那气体的誓言全部吸去:
如果消失了,那只能怪你的阳光。
  要说我不该破誓,谁会如此愚妄,
  为要守住自己的誓言,躲避天堂?

四

可爱的西塞利亚①坐在一条河边,
她身边是年轻活泼的阿都尼,
她一次再次向那青年挤眉弄眼,
那媚眼更使她显得美貌无比;
她给他讲了许多动听的故事, 5
她尽力搔首弄姿,让他看着高兴;
为了讨他欢心,常和他贴紧身子,
那情意什么人也难保不动心。
但不知他的确是年幼不解事,
还是他存心不肯接受她的好意, 10

---

① 即爱神维纳斯。

幼小的鱼儿怎么也不肯吞下鱼食,
对她的种种作为只是笑笑而已。
　　最后这美人儿,止不住仰身躺下:
　　他却站起身就跑了,啊,实在太傻!

五

如果是爱情使我赌咒发誓,我又
　　何能誓绝爱情?
啊,一切誓言都是空话,只除了对
　　美人的誓辞;
虽然我仿佛言而无信,我对你却
　　永远是一片真心;
那一切,对我是不移的橡树,对你
　　却是柔软的柳枝。
我要把他当一本书来仔细阅读,
　　研究其中的字句,
那里贮藏着一切具有深意的、人
　　世少有的欢娱,
如果说学问重要,我要求的学问
　　就是完全了解你;
没有学问的舌头,就根本不可能
　　有赞颂你的能力;
只有冥顽无知的人,有缘见到你,
　　会全然无动于心;
我是这样从心里崇拜你,为此我

感到无比骄傲。
你的眼神是宙斯的闪电,你的声
　　音是他的雷霆,
但如果你声音里不带怒气,它却
　　又比音乐更美妙。
可是,你是天人,当然不会喜爱这
　　人世间的浮辞,
这尘俗的辞句,不管多美,也不配
　　用来赞颂天使。

六

东升的太阳还没有吸干朝露,
棚外的牛群还没有躲进荫凉,
西塞利亚,一夜尝够了相思苦,
急忙忙来到杨柳垂岸的小河旁,
在那里焦急地等待着阿都尼,　　　5
因为他常到这条小河里来游泳。
天很热;但更热的是她的情意,
圆睁两眼搜寻着阿都尼的身影。
最后,他来了,把衣服全部脱掉,
光着身子站立在清溪的岸边,　　　10
太阳睁着大眼向人世观瞧,
也不像她瞧他那样从不眨眨眼。
　　他忽然见到她,马上跳进水里去;
　　"啊,天哪,"她说,"我为什么不是

小溪?"

<h2 style="text-align:center">七</h2>

我的爱很美,但她更是非常轻佻;
她像鸽子一样善良,却又从无真情;
光彩赛玻璃,也和玻璃一样脆弱;
柔和如白蜡,却又粗鄙得可恨;
　　恰像装点着玫瑰花瓣的百合花,　　　5
　　她是无比地美丽,也无比虚假。

她常拿她的嘴唇紧贴我的嘴唇,
一边亲吻,一边对我海誓山盟!
她编造出许多故事让我开心,
怕我不爱她,唯恐失去我的恩宠!　　　10
　　可是,尽管她摆出极严肃的神气,
　　她发誓、哭泣,全不过逢场作戏。
她爱得火热,恰像着火的干草,
但也像干草一样着完便完了;
她一面挑起爱火,一面用水浇,　　　　15
到最后,倒仿佛你让她为难了。
　　谁知这究竟是恋爱,还是瞎胡闹?
　　实在糟透了,怎么说也令人可恼。

八

如果音乐和诗歌彼此可以协调,
它们原是姊妹,想来应该如此,
那么无疑我们就应该白头到老,
因为你喜爱音乐,我又非常爱诗。
你热爱道兰德①,他神奇的琴音   5
使无数的人忘掉了人世悲苦;
我热爱斯宾塞,他崇高的风韵,
人人熟悉,用不着我为他辩护。
你爱听音乐之后福玻斯②的竖琴
弹奏出无比优美的动人的乐章,   10
而能使我陶醉的最大的欢欣,
则是他自己无拘束地浅吟低唱。
诗人们说,音乐之神也就是诗神;
有人两者都爱,两者集于你一身。

九

红日初升,那美丽多情的姑娘,
……………………………③

---

① 道兰德(John Dowland,1563? —1626?),英国著名的琴师和作曲家。
② 即太阳神阿波罗,也是音乐(尤其是竖琴)之神。
③ 此行原文已失。

脸白得像她的白鸽子的翅膀①,
满腹悲哀,站立在一座小山顶上,
等待着骄傲粗野的小阿都尼。 5
很快,他带着猎犬来到小山旁;
痴情姑娘,怀着比爱更热的情意,
告诉他千万别走近那边的猎场。
"前天,"她说,"我看到一个美貌青年,
在那边树丛中被一只野猪咬伤, 10
大腿全被咬坏,看来实在可怜!
你瞧我的大腿,就伤在这地方。"
  她说着掀开大腿,露出许多伤痕,
  他臊得连忙跑开,留下她去发愣。

一〇

盛开的玫瑰,无端被摘,随即凋谢,
被摘下的花苞,在春天就已枯萎!
晶莹的珍珠为什么会转眼失色?
美丽的人儿,过早地被死神摧毁!
  恰像悬挂在枝头的青青的李子, 5
  因风落下,实际还不到凋落时。

我为你痛哭,可我说不出为什么,
你虽在遗嘱里没留给我什么东西,

---

① 据希腊神话,爱神以白鸽子挽车。

但我得到的却比我希望的还多；
因为我对你本来就无所希冀。　　　　　　10
　　啊,亲爱的朋友,我请求你原谅!
　　你实际是给我留下了你的悲伤。

一一

维纳斯,坐在一棵山桃的树荫里,
开始跟她身旁的阿都尼调情,
她告诉他战神曾大胆将她调戏,
她学着战神为他表演当时的情景。
"就这样,"她说,"战神使劲把我搂,"　　5
说着她双手紧紧抱住了阿都尼。
"就这样,"她说,"战神解开我的衣扣,"
意思显然要那小伙子别要迟疑。
"就这样,"她说,"他使劲跟我亲吻,"
她说着伸过嘴去紧贴着他的嘴唇；　　10
但他喘了一口气立即匆匆逃遁,
仿佛他压根儿也不了解她的心情。
　　啊,但愿我的爱如此情义厚,
　　吻我,抱我,弄得我不敢停留。

一二

衰老和青春不可能同时并存：
青春充满欢乐,衰老充满悲哀；

青春像夏日清晨,衰老像冬令;
青春生气勃勃,衰老无精打采。
青春欢乐无限,衰老来日无多; 5
青春矫健,衰老迟钝;
青春冒失、鲁莽,衰老胆怯、柔懦;
青春血热,衰老心冷。
衰老,我厌恶你;青春,我爱慕你。
啊,我的爱,我的爱年纪正轻! 10
衰老,我仇恨你。
啊,可爱的牧人,快去,
我想着你已该起身。

一三

美不过是作不得准的浮影,
像耀眼的光彩很快就会销毁,
像一朵花儿刚开放随即凋零,
像晶莹的玻璃转眼就已破碎;
　浮影、光彩、鲜花或一片玻璃, 5
　转瞬间就已飘散、销毁、破碎、死去。

像一丢失便永不能再见的宝物,
像一销毁便无法恢复的光彩,
像玻璃一破碎便不能粘合,
像鲜花一凋谢便绝不重开, 10
　美也是这样昙花一现,永远消失,

不管你如何痛苦,如何抹粉涂脂。

一四

晚安,好好休息。啊,与我全无关!
她的一声"晚安"只让我不得安息,
独坐小屋中为痛苦的相思悲叹,
为刺心的疑惧不停地呻吟、唏嘘。
"好好走,"她说,"明天希望你再来," 5
"好"是不可能的,伴我的只有悲哀。

可是我走的时候,她的确笑了,
只不知她笑里是讥讽还是热情:
也可能看到我走她高兴地笑了,
也可能是她愿意让我再去游魂—— 10
　"游魂"二字对我来说的确很对,
　我吃尽苦头,却从来未得实惠。

上帝啊,我两眼饥渴地望着东方!
我的心在和时钟挑衅;无疑清晨
一来临,一切生物都会走出梦乡, 15
但我已经不能相信自己的眼睛。
　夜莺正声声歌唱,我却坐着观望,
　一心希望它的歌声和云雀一样。

因为云雀用它的歌声迎接白天,

驱逐黑暗的、构成梦境的夜晚。 20
黑夜一消失,我就将到她身边:
让心儿能称愿,两眼把秀色饱餐;
　因为她曾叹口气说"明天你再来",
　悲哀时变作快慰,快慰里又有悲哀。

我和她在一起,一转眼就是黑夜: 25
可现在,无数分钟凑不到一小时;
为使我难堪,一分钟长似一个月,
太阳总不肯为我快快照上花枝!
　去吧,黑夜;快来,白天,向黑夜
　　借点时光;
　短一点吧,黑夜,今夜短些,明天你 30
　　再延长。

乐曲杂咏

一

一位贵人的女儿,三姊妹中她最美,
她一向热爱自己的丈夫,绝非虚伪,
不料有一天见到一个英国人,实在魁伟,
　　她禁不住变了心。

两种爱情在她心中进行了长时间的争斗,　　　5
不再爱自己的丈夫?还是把英国人丢开手?
两种办法在她看来,全都不可能接受,
　　啊,可怜的傻丫头!

可是两人中她必须丢开一个;最大的痛苦
是她绝不可能把两个人同时都留住,　　　10
因而两人中,那高贵的英国绅士常受屈辱,
　　啊,她心里也难受!

结果,艺术和门第斗争,终于得到了胜利,

英国绅士靠他的学识最后把那姑娘夺去。
得啦,睡觉去吧,有学问的人得到了那美女; 15
　　因为我的歌儿已经结束。

二*

有一天(啊,这倒霉的一天!)
爱情,原本常年欢欣无限,
却看到一株鲜花,无比灵秀,
在一片狂风中舞蹈、嬉游:
风儿穿过绿叶深处的小径, 5
无影无形地钻进了花蕊;
怀着醋意的爱情满心悲痛,
只恨自己不能也化作一阵风。
风啊,他说,你能够潜进花蕊,
风啊,但愿我也能如此幸运! 10
可是,天哪,我曾经立下宏誓,
决不动手把你摘下花枝:
少年郎随便发誓,实在太傻,
少年郎,如何禁得住不摘鲜花?
宙斯如果有一天能见到你, 15
他会认为朱诺奇丑无比;
为了你他会不愿作天神,
为了得到你的爱,甘作凡人。

＊ 此节原文与《爱的徒劳》第四幕第三场97—116行大同小异。

三

我的羊群不昌盛,
我的母羊不怀孕,
我的公羊不动情,
　　一切全不顺适:
爱情渐渐动摇了, 5
信念渐渐不牢了,
心意渐渐淡薄了,
　　原因就在此。
一切欢乐的歌唱我已全忘掉,
我的姑娘已经狠心把我抛: 10
过去那些多情的山盟海誓,
现在全部换成了一个不字。
失恋的苦难,
说不出地难堪;
　　可恨啊,朝三暮四的命运之神! 15
现在我才知道,
耍爱情的花招
　　女人远比男人更甚。
我穿着黑色的丧衣,
我怀着难堪的恐惧, 20
爱情已把我抛弃,
　　日子难消磨:
心儿要爆裂了,

希望全破灭了,
(厄运没完结了!) 25
　　受尽了折磨!
我的牧笛已全然寂寞无声,
羊铃叮当,令人惨不忍闻;
我的牧狗,平时那么欢腾,
现在却仿佛吓得呆呆发愣。 30
它声声叹息,
简直像哭泣,
　　汪汪不停,因我的苦难感到不安。
一声声长叹的声浪,
在冷酷的土地上回荡, 35
　　仿佛是无数败兵在浴血苦战!

清泉息了波浪,
鸟儿停住了歌唱,
好花不再生长
　　出五色花瓣。 40
牧人悲哀地流泪了,
羊群全都入睡了,
林中女神也心碎了,
　　斜眼偷看。
所有的欢乐已抛弃我们这些可怜的恋人, 45
所有在草原上私相约会的欢欣,
所有黄昏时的欢笑已全部烟消火熄,
所有我们的爱情已都落空,爱神已死去。

再见,可爱的姑娘;
没什么能像你一样 50
　　如此甜蜜,却又使我如此痛苦。
可怜的柯瑞东①
怕只好终身伤痛;
　　我看不出他还能有什么别的出路。

四

当你已经选定了你意中的姑娘,
已经把你打算下手的小鹿套住,
如何行动固然应和理智商量,
但也该听听偏向的私情的盼咐:
　　要向人问计,也必须找个聪明人, 5
　　他不能太年幼,而且得结过婚。

要是你打算向她表明心事,
千万不要油嘴滑舌,一味奉承,
不然,她准怀疑你不够诚实——
瘸子最易看到跛子腿不灵—— 10
　　你必须明白说你如何爱她,
　　并多方自吹自擂抬高身价。

别看她一时间紧皱着双眉,

---

① 田园诗中的牧人,见维吉尔《牧歌》等作品。

不等天黑她就会怒气全消；
她不会弄得自己无比懊悔，　　　　　15
不该无故辜负了欢乐的良宵：
　　如果天明前，她一次两次空动情，
　　她就会满怀鄙夷，对你死了心。

别瞧她仿佛要和你较量体力，
又是抓，又是骂，一千个不肯，　　　20
到最后，她一定显得力量不济，
顺从后使乖弄巧地说上一声：
　　"要是女人和男人一样强壮，
　　这事儿，你压根儿就别想！"

你必须处处都顺从她的心意；　　　　25
不要吝惜钱，最关紧要的地方
是钱花后准有人去向她称誉，
你为人是如何慷慨、大方：
　　因为最坚固的碉堡或城墙，
　　对黄金的炮弹也无法抵挡。　　　30

和她相处一定要显得诚诚恳恳，
向她求爱更必须谦虚真诚；
除非你的姑娘确实对你不贞，
切不要急急地去另找新人：
　　遇有适当机会，就大胆跟她调情，　35
　　先别管她是不是一定会不肯。

女人经常玩弄的各种鬼花头,
无一不带着迷惑人的外貌,
她们藏在肚子里的种种计谋,
你跟她肚皮贴肚皮也无从知道。 40
　人们常讲的一句话你没听说过?
　女人嘴里的不字不过是信口说说。

要知道,女人和男人争强斗胜,
是争着犯罪,决不是争作圣人,
她知道等到有一天她活够年龄, 45
天堂不过是一句空话,天理良心。
要是床上的欢乐光只是接吻,
她们准会自己结婚,不要男人。

可是,安静点儿,别再说了,我真怕
我的歌声会让我的情人听到; 50
那她一定会不分日夜把我咒骂,
说我不该不顾体统胡乱叨叨:
　虽然,听到她的秘密全被泄漏,
　她自然也免不了有几分害羞。

五

请来和我同住,作我心爱的情人,
那我们就将永远彼此一条心,

共同尝尽高山、低谷、田野、丛林
和峻岭给人带来的一切欢欣。

在那里,我们将并肩坐在岩石上, 5
观看着牧人在草原上牧放牛羊,
或者在清浅的河边,侧耳谛听,
欣赏水边小鸟的动人的歌声。

在那里,我将用玫瑰花给你作床,
床头的无数题辞也字字芬芳, 10
用鲜花给你作冠,为你做的衣裳,
上面的花朵全是带叶的郁金香;

腰带是油绿的青草和长春花藤,
用珊瑚作带扣,带上镶满琥珀花纹。
如果这些欢乐的确能使你动心, 15
就请你来和我同住,作我的情人。

情人的回答

如果世界和爱情都还很年轻,
如果牧童嘴里的话确是真情,
这样一些欢乐可能会使我动心,
我也就愿和你同住,作你的情人。 20

六

在一个欢乐的五月间,
曾经有那么一天,
在一丛山桃树旁,
我恬适地坐着歇凉,
野兽跳跃、鸟儿唱歌,　　　　　　　5
花草吐芽,树木正生长,
一切都使人感到欢欣,
只除了一只孤独的夜莺:
这可怜的鸟儿满怀悲伤,
伏身在带刺的花枝上;　　　　　　10
它那无比悲痛的歌声,
一声声叫人惨不忍闻:
它先叫着,"好,好,好!"
接着又连声"忒柔,忒柔①!"
听到它这样诉说悲伤,　　　　　　15
我一时止不住眼泪汪汪;
因为它那凄惨的歌声,
也使我想起了我的不幸。
啊!我想,你不要无味悲鸣,
谁也不会对你有半点同情:　　　　20
无知觉的树木不知痛痒,

---

① 忒柔即忒柔斯,参阅本书第117页注①。

无情的野兽是铁石心肠：
年老的潘狄翁王①已经死去，
你的朋友们早把你抛弃，
你同类的鸟儿正欣然歌唱， 25
他们全不理会你的悲伤。
可怜的鸟儿啊，我的不幸
也和你一样谁也不同情，
想当年看着命运的笑脸，
你和我是都受了她的骗。 30
有些人对你恭维不离口，
可全都不是患难朋友。
说几句空话算不得什么，
真心的朋友世上可不多；
只要你花钱不在意， 35
谁都是你的亲兄弟；
等到你手边钱不多，
谁也不管你死和活。
你要是拿钱乱挥霍，
他们就夸你手头阔， 40
谄媚的言辞没个底，
"恨不得你能作皇帝"。
如果你有心干坏事，
他们只恐你动手迟；
如果你心想找女人， 45

---

① 忒柔斯的岳父。

他们会左右献殷勤：
可如果你一旦倒了霉，
没人会对你再恭维：
那些人昨天待你如兄弟，
今天见你只恨躲不及： 50
朋友间必须是患难相济，
那才能说得上真正友谊：
你有伤心事，他也哭泣，
你睡不着，他也难安息：
不管你遇上任何苦难， 55
他都心甘情愿和你分担。
明白这些你就肯定能分清
真正的朋友和笑脸的敌人。

凤凰和斑鸠

让那歌喉最响亮的鸟雀,
飞上独立的凤树的枝头,
宣布讣告,把哀乐演奏,
一切飞禽都和着拍子跳跃。

可是你叫声刺耳的狂徒, 5
你魔鬼的邪恶的信使,
死神的忠实的信士,
千万别走近我们的队伍。

任何专横跋扈的暴徒,
都不容走近我们的会场, 10
只除了鹰,那羽族之王:
葬礼的尊严不容玩忽。

让那身穿着白色袈裟,
懂得死亡之曲的牧师,
唱出死神来临的挽诗, 15

并由他领着做弥撒。

还有你寿长过人的乌鸦，
也必须参加哭丧的队伍，
你生来穿着黑色的丧服，
开口就像哭不用作假。　　　　　　　20

接着他们唱出送丧的哀辞，
爱情和忠贞已经死亡；
凤和鸠化作一团火光
一同飞升，离开了尘世。

它们是那样彼此相爱，　　　　　　　25
仿佛两者已合为一体；
分明是二，却又浑然为一：
是一是二，谁也难猜。

两颗心分开，却又在一起；
斑鸠虽和它的皇后分开，　　　　　　30
它们之间却并无距离存在；
这情景只能说是奇迹。

爱情在它俩之间如电光闪灼，
斑鸠借着凤凰的眼睛，
就能清楚地看见自身：　　　　　　　35
彼此都认为对方是我。

物性仿佛已失去规矩,
本身竟可以并非本身,
形体相合又各自有名,
两者既分为二又合为一。　　　　　40

理智本身也无能为力,
它明明看到合一的分离,
二者全不知谁是自己,
这单一体原又是复合体。

它不禁叫道,"多奇怪,　　　　　45
这到底是二还是一!
这情景如果长存下去,
理智将变作爱情的奴才。"

因此它唱出一首哀歌,
敬献给凤凰和斑鸠,　　　　　　50
这爱情的明星和旗手,
吊唁它们的悲惨结果。

哀　歌

美、真、至上的感情,
如此可贵,如此真纯,
现在竟一同化作灰烬。　　　　　55

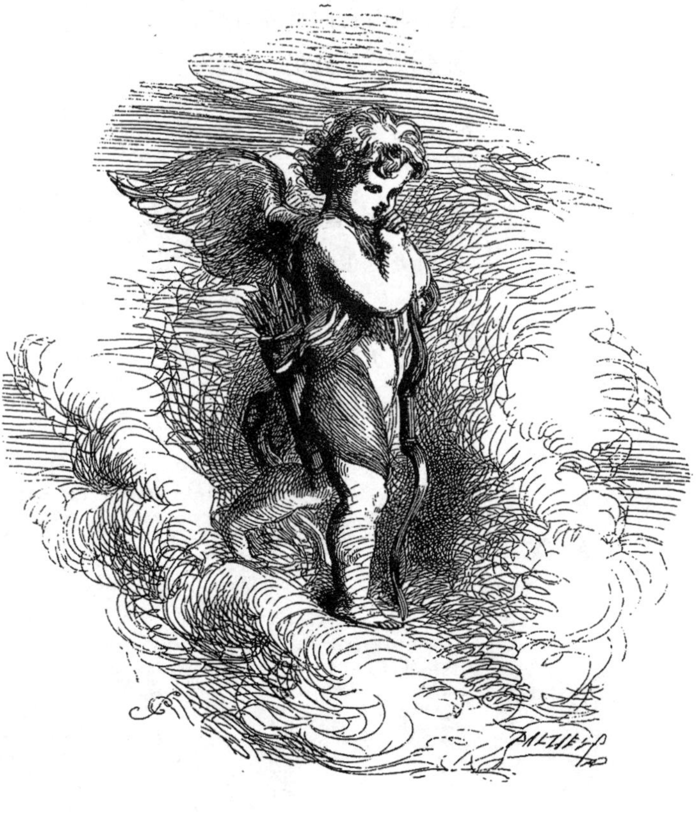

凤巢现在已不复存在；
那斑鸠的忠贞情怀，
此一去，永远难再。

也未留下后代儿孙——
这并非因它们身体有病，　　　　60
而是因为婚后仍童身。

从今后，再说真，是谎，
再有美，不过是假相，
真和美已被埋葬。

不真不美的也别牢骚，　　　　　65
这骨灰瓶可以任你瞧，
这两只死鸟正为你默祷。

附录

莎士比亚生平及创作年表

莎士比亚作品创作及出版年表(推测版):

本年表根据皇家莎士比亚公司 2007 年版《莎士比亚全集》(*William Shakespeare Complete Works*)编译,Jonathan Bate、Eric Rasmussen 主编,由麦克米伦出版公司 2007 年出版,有删减。

可能创作时间	作 品	出 版
1589—1591	可能创作 *Arden of Faversham* 中的一场(合作者可能为 Kyd and/or Marlowe)	1592,无名氏,四开本;第一对开本未收入
1589—1592	《驯悍记》	1623,第一对开本
1589—1592	可能写作《爱德华三世》中的某场戏,合作者不详	1596,无名氏,四开本;第一对开本未收
1591	《亨利六世》(中)(原名为《著名的约克及兰开斯特家族之争》第一部)	1594,四开本;1600,重印;1623,第一对开本(有大改动)
1591	《亨利六世》(下)(原名为《约克的理查公爵之悲剧》)	1595,八开本;1600,1619,重印;1623,第一对开本(有大改动)

359

1591—1592	《维洛那二绅士》	1623,第一对开本
1591—1592 可能于1594年修订	《泰特斯·安德洛尼克斯之悲剧》(可能与George Peele 合写)	1594,四开本;1600,1611,重印;1623,第一对开本
1592	《亨利六世》(上)(可能与Thomas Nashe 合写)	1623,第一对开本
1592或1594	《理查三世》	1597,四开本;1598,1602,1605,1612,1622,重印;1623,第一对开本(有大改动)
1593	《维纳斯与阿都尼》	1593,四开本;1594,1595?,1596,1599,1599,1602?1602,1602,1617,重印
1593—1594	《鲁克丽丝受辱记》	1594,四开本;1598,1600,1600,1607,1616,重印
1593—1608	《十四行诗》(154首)	两首十四行诗收入1599年出版的《热情的朝圣者》。1609,全部十四行诗与《恋女的怨诉》一起出版。《恋女的怨诉》可能作于1603—1605
1594	《错误的喜剧》	1623,第一对开本
1595	《爱的徒劳》	1598,四开本;1623,第一对开本,重印
1595—1597	《爱的收获》	1598年在Meres的评论中提及,1603年在书商的目录中提及,但版本遗失。也有学者认为是另一出戏的名字,如《无事生非》或《皆大欢喜》
1595—1596	《仲夏夜之梦》	1600,四开本;1619,重印;1623,第一对开本

1595—1596	《罗密欧与朱丽叶》	1597,四开本(低劣本);1599,四开本;1609,1622,重印;1623,第一对开本
1595—1596	《理查二世》	1597,四开本;1598,1608,1615,重印;1623,第一对开本
1595—1597	《约翰王》	1623,第一对开本
1596—1597	《威尼斯商人》	1600,四开本;1619,重印;1623,第一对开本
1596—1597	《亨利四世》(上)	1598,四开本;1599,1604,1608,1613,1622,重印;1623,第一对开本
1597—1598	《亨利四世》(下)	1600,四开本;1623,第一对开本,重印
1598	《无事生非》	1600,四开本;1623,第一对开本,重印
1598—1599	《热情的朝圣者》	1598—1599,八开本;1599,1612,重印
1599	《亨利五世》	1600,四开本(低劣本);1602,1619,重印;1623,第一对开本(有大改动)
1599	"献给女王"	1599年为宫廷演出所做,莎翁生前未印制
1599	《皆大欢喜》	1623,第一对开本
1599	《裘力斯·凯撒》	1623,第一对开本
1600—1601	《哈姆莱特》	1603,四开本(低劣本);1604—1605,四开本;1623,第一对开本
1600—1601 (可能是1597—1599年间重新修订的作品)	《温莎的风流娘儿们》	1602,四开本(低劣本);1619,重印;1623,第一对开本

1600—1603	《托马斯·莫尔爵士》（其中莎士比亚可能参与部分创作）	手稿于1844年出版。多数学者认为,其中"Hand D"部分为现存的莎翁唯一手稿
1601	"Let the Bird of Loudest Lay",1807年之后人们所熟知的题目为"凤凰和斑鸠"	1601年发表于Robert Chester的《爱的殉道者》中
1601	《第十二夜》	1623,第一对开本
1601—1602	《特洛伊罗斯与克瑞西达》	1609,四开本;1623,第一对开本(有大改动)
1604	《奥瑟罗》	1622,四开本;1623,第一对开本(有大改动)
1604	《一报还一报》	1623,第一对开本
1605	《终成眷属》	1623,第一对开本
1605	《雅典的泰门》	1623,第一对开本
1605—1606	《李尔王》	1608,四开本;1619,重印;1623,第一对开本
1606	《麦克白》	1623,第一对开本
1606—1607	《安东尼与克莉奥佩特拉》	1623,第一对开本
1608	《科利奥兰纳斯》	1623,第一对开本
1608	《泰尔王子配力克里斯》	1609,四开本（低劣本);1609,1612,1619,重印;未收入1623年的第一对开本;1664,第三对开本的第二版
1610	《辛白林》	1623,第一对开本
1611	《冬天的故事》	1623,第一对开本
1611	《暴风雨》	1623,第一对开本
1612—1613	《卡迪尼奥》(与弗莱彻合作)	1653年曾登记出版,但未出版。已遗失
1613	《亨利八世》(与弗莱彻合作)	1623,第一对开本

| 1613—1614 | 《两位贵亲戚》(与弗莱彻合作) | 1634，四开本；1679，鲍芒与弗莱彻作品的第二对开本中重印 |

莎士比亚作品创作年表：

此年表根据牛津版《莎士比亚全集》(*The Oxford Shakespeare: the Complete works*)第二版(2005)的年表编译，Stanley Wells 和 Gary Taylor 为全集总编，由 John Jowett, William Montgomery, Gary Taylor 和 Stanley Wells 编辑，Stanley Wells 撰写导言；牛津大学出版社 1986 年出版第一版，2005 年出版第二版。

创作时间	作品
1589—1591	《维洛那二绅士》
1590—1591	《驯悍记》
1590—1591	《著名的约克及兰开斯特家族之争》，即《亨利六世》(中)
1591	《约克的理查公爵之悲剧与亨利六世君王》，即《亨利六世》(下)
1592	《亨利六世》(上)
1592	《泰特斯·安德洛尼克斯之悲剧》
1592—1593	《理查三世》
1592—1593	《维纳斯与阿都尼》
1593—1594	《鲁克丽丝受辱记》
1594	《爱德华三世》
1595	《错误的喜剧》
1594—1595	《爱的徒劳》
1595—1596	《爱的收获》(*Love's Labour's Won*)(遗失)
1595	《理查二世》

1595	《罗密欧与朱丽叶》
1595	《仲夏夜之梦》
1596	《约翰王》
1596—1597	《威尼斯商人》
1596—1597	《亨利四世》(上)
1597—1598	《温莎的风流娘儿们》
1597—1598	《亨利四世》(下)
1598—1599	《无事生非》
1598—1599	《亨利五世》
1599	《裘力斯·凯撒》
1599—1600	《皆大欢喜》
1600—1601	《哈姆莱特》
1601	《第十二夜》
1602	《特洛伊罗斯与克瑞西达》
1593—1603	十四行诗,1603—1604:《恋女的怨诉》
1593—1616	各种杂诗
1603—1604	《托马斯·莫尔爵士》
1603—1604	《一报还一报》
1603—1604	《奥瑟罗》
1605—1606	《李尔王》(四开本版)
1606	《雅典的泰门》
1606	《麦克白》
1606	《安东尼与克莉奥佩特拉》
1606—1607	《终成眷属》
1607	《泰尔王子配力克里斯》
1608	《科利奥兰纳斯》
1609—1610	《冬天的故事》
1610	《李尔王》(对开本版)

1610—1611	《辛白林》
1610—1611	《暴风雨》
1612	《卡迪尼奥》(遗失)
1613	《一切皆真》,即《亨利八世》
1613	《两位贵亲戚》

莎士比亚生平年表：

此年表根据牛津版《莎士比亚全集》第二版编译。有删减。

时间	事件
1564年4月26日	在艾汶河畔的斯特拉福镇受洗
1582年11月27日	在沃切斯特获得结婚许可登记
1582年11月28日	在沃切斯特获得莎士比亚与安·哈撒韦结婚契约
1583年5月26日	莎士比亚的大女儿苏珊娜在艾汶河畔的斯特拉福镇受洗
1585年2月2日	莎士比亚的儿子哈姆内特,女儿朱迪斯在艾汶河畔的斯特拉福镇受洗
1589年	莎士比亚父母因财产问题在艾汶河畔的斯特拉福镇附近的威尔姆科特与人打官司
1592年	罗伯特·格林在其《千万悔恨换来一点才智》(*Greene's Groatsworth of Wit*)中说莎士比亚"幻想着能独自震撼(Shake-scene)这个国家的舞台"
1594年	莎士比亚作为《鲁克丽丝受辱记》的作者记载于 Henru Willobie 的 *Willobie his Avisa* 中
1595年	在 William Covell 的 Polimanteia 中莎士比亚被称作是"甜腻的莎士比亚"

1595 年 3 月 15 日	莎士比亚成为侍从大臣剧团为宫廷演出的合伙获利人
1596 年 8 月 11 日	莎士比亚的儿子哈姆内特葬于艾汶河畔的斯特拉福镇
1596 年 10 月	纹章院院长起草批准授予莎士比亚父亲约翰·莎士比亚家徽证书的草图
1597 年 5 月 4 日	莎士比亚购买艾汶河畔的斯特拉福镇上的"新宅"
1597 年 11 月 15 日	莎士比亚在众主教地区欠付税款
1598 年	在艾汶河畔的斯特拉福镇卖一船石
1599 年	莎士比亚作为主要的喜剧演员出演本·琼生的戏剧 Every Man in his Humour 中的一个角色
1598 年	莎士比亚的名字出现在《理查二世》、《理查三世》第二个四开本、《爱的徒劳》第一个四开本的首页上
1598 年	莎士比亚作为《维纳斯与阿都尼》、《鲁克丽丝受辱记》的作者在 Richard Barnfield 的 Poems of Divers Humours 中受到称赞
1598 年	Francis Meres 在 Palladis Tamia（即《才子宝典》）中称赞莎士比亚的戏剧
1598 年 2 月 4 日	莎士比亚成为艾汶河畔的斯特拉福镇的谷物与麦芽持有者
1598 年 10 月 1 日	莎士比亚为伦敦众主教地区欠税人
1598 年 10 月 15 日	Richard Quiney 给莎士比亚一封信，索要莎士比亚借的 30 镑借款
1598—1599 年	莎士比亚在补助金账户上注册
1598—1601 年	在剑桥大学圣约翰学院上演《帕纳索斯山的

	朝圣》和《从帕纳索斯山返回》,莎士比亚出演角色
1599年5月16日	新建的环球剧场为莎士比亚等人的演出场地
1599年、1600年	莎士比亚欠款
1601年8月1日	莎士比亚父亲葬于艾汶河畔的斯特拉福镇
1602年5月1日	莎士比亚付320英镑购买斯特拉福镇的土地
1602年9月28日	莎士比亚购买艾汶河畔的斯特拉福镇建堂街上的一处斋舍
1603年	本·琼生的 *Sejanus* 一剧中将莎士比亚列为主要悲剧演员
1603年	在 Henry Chettle 的 *A Mournful Dittie, entitled Elizabeths Losse* 中讲到莎士比亚等人被要求哀悼伊丽莎白女王的逝世
1603年5月17日、19日	莎士比亚成为国王剧团成员
1604年3月15日	莎士比亚及其剧团成员被授予红衣迎接詹姆士国王进入伦敦
1605年7月24日	莎士比亚付440英镑在艾汶河畔的斯特拉福镇购买"十一税"的有息租期
1607年6月5日	莎士比亚大女儿苏珊娜与约翰·霍尔在艾汶河畔的斯特拉福镇结婚
1608年9月9日	莎士比亚母亲葬于艾汶河畔的斯特拉福镇
1608—1609年	莎士比亚与人在艾汶河畔的斯特拉福镇因债务打官司
1611年9月11日	莎士比亚捐资修缮公路
1613年3月10日	莎士比亚付140英镑在黑修士地区购买"门宅"
1614年9月5日	莎士比亚在艾汶河畔的斯特拉福镇因占地陷入纠纷
1615年	鲍芒在其诗歌手稿中称赞莎士比亚

1615年4月26日	莎士比亚因黑修士地区的"门宅"陷入官司
1616年2月10日	莎士比亚二女儿朱迪斯与托马斯·奎宁在艾汶河畔的斯特拉福镇结婚
1616年3月25日	莎士比亚在艾汶河畔的斯特拉福镇立遗嘱
1616年4月25日	莎士比亚葬于艾汶河畔的斯特拉福镇（纪念碑上记录逝世日期为4月23日）
1623年8月8日	莎士比亚妻子安·莎士比亚葬于艾汶河畔的斯特拉福镇
1649年7月16日	莎士比亚大女儿苏珊娜葬于艾汶河畔的斯特拉福镇
1662年2月9日	莎士比亚二女儿朱迪斯葬于艾汶河畔的斯特拉福镇
1670年	莎士比亚外孙女伊丽莎白逝世

（章燕　译）